JN170161

作家と楽しむ古典

古事記　池澤夏樹
日本霊異記・発心集　伊藤比呂美
竹取物語　森見登美彦
宇治拾遺物語　町田康
百人一首　小池昌代

河出書房新社

この本のなりたち

何年か前、「日本文学全集」を作ろうと思い立った。

普通に考えつくことではないが、その頃は東日本大震災の後で、この災害の多い列島でずっと暮らしてきた日本人という人々について知りたいという思いが強かった。

日本人といえばつまり我々だが、初めから今のようだったわけではあるまい。はるか昔に大陸から渡ってきて国を作り、地形や気象など自然条件のもと、海外・隣国との交渉を重ねて歴史を紡ぎ、その中からその時々の日本人の性格が形成された。変化の果ての今である。その軌跡を辿（たど）ってみたい。

それには文学に依（よ）るのがいい、と考えて全集を作ることにした。

国の始まりというのがいつかはわからないが、文学史ならば始点は確定されている。そこから現代まで選んだ作品を連ねて祖先たちの精神の歩みを辿る。明治以降のものはともかく、それ以前の古典は今とは言葉が違う。昔の文章はなかなか読めないのだ。教室で勉強する古文ではなく、文学として古典を読みたい。では現代語に訳せばいい。

これはやはり作家や詩人の仕事である。なんと言っても彼らは文学の現場の人であり、それぞれ自分の文体の持ち主だから。ぼくは作品と訳者のマッチングをよく考え候補者を立て、おそるおそるお願いしてみた。

みなさん快諾してくださり、やがてすばらしい現代語訳が次から次へと集まった。欣喜雀躍（きんきじゃくやく）、狂喜乱舞の日々であった。

各巻ができた後で、みんなの苦労話が聞きたいと思った。いや、こんなにいい訳ができたのだから苦労以上に楽しい仕事だったはずだと、依頼した方は考えたい。少なくとも率先して『古事記』を訳したぼくの場合はいろいろ智恵をしぼる楽しさに押されて無事に最後のページに至ることができた。

そこで訳者のみなさんを招いて「連続古典講義」を開くことにした。ここにあるのはその記録である。

この講義のシリーズは今後も続くはず。乞うご期待。

池澤夏樹

目次

竹取物語

作家と楽しむ古典

古事記
日本霊異記・発心集
竹取物語
宇治拾遺物語
百人一首

古事記
日本文学の特徴のすべてがここにある

池澤夏樹

［古事記］

最古の日本文学。序文によると、天武（てんむ）天皇の命により、稗田阿礼（ひえだのあれ）が暗唱した帝紀と旧辞を、太安万侶（おおのやすまろ）が元明天皇の代の七一二年（和銅五年）に完成させた。変体漢文を用いた三巻本。

上巻は神代の物語で、天地のはじまりから、イザナキとイザナミの国生み・神生み、スサノヲとアマテラスの対決など、神々が生まれ天地がつくられ、人間社会が構築されて天皇による統一を待つまでが描かれる。中・下巻は天皇代で、それぞれ独立した物語で構成される短篇集でもある。中巻は神武天皇から応神天皇まで、神武天皇とイスケヨリヒメの恋、ヤマトタケルの冒険と死など、英雄、美女の恋や冒険、下巻は仁徳天皇から推古天皇まで、歴代天皇の系譜とその物語が綴（つづ）られている。

日本文学のはじまり

日本で最初の文学、それが『古事記』です。

日本文学史の年表を開くと、いちばんに『古事記』の名前が出てきます。『古事記』は日本文学のスタート地点です。

そう言われると、まるで『古事記』は、なにもないところから突然生まれたように思われるかもしれませんね。

けれど、文学作品は、ゼロから生まれるものではありません。オリジナリティだけで成立しているわけではないのです。

いかに文学作品が、先行する作品たちの影響を受け、それを踏まえて先へ先へと出ていくものであるか。ぼくは「日本文学全集」を編纂(へんさん)し、『古事記』を現代語訳しながら、そのことをしみじみ考えました。

さて、日本で最初の文学作品と言われている『古事記』に、先行する作品はあったでしょうか。あります。『天皇記』と『国記(こっき)』です。

『天皇記』と『国記』は、天皇の命によって、聖徳太子(しょうとくたいし)と蘇我馬子(そがのうまこ)が編纂した書物です。土地の歴史や、豪族たちの系譜、人々の間で語られていた神話や伝説などが書かれていました。

ところが、それら『古事記』の先行作品は、焼けてなくなりました。蘇我馬子の死後のことです。蘇我氏など飛鳥(あすか)の豪族を中心とした政治から、天皇中心の政治体制に改革しようとした勢力がいました。中大兄皇子(なかのおおえのおうじ)と中臣鎌足(なかとみのかまたり)です。彼らが馬子の孫である蘇我入鹿(いるか)を殺すと、馬子の息子である蘇我蝦夷(えみし)は、自宅に火を放って自害しました。このとき、『天皇記』と『国記』は焼失してしまったのです。

蘇我氏に伝わる原本が焼けてなくなりました。しかしながら、各豪族の家々には、『天皇記』や『国記』に類する文書が残っていました。「帝紀(ていき)」（天皇の系譜）や「旧辞(きゅうじ)」（古い伝承）と呼ばれる文書です。それらを資料として集め、その誤りを正し、新しい書物をつくるよう、天武天皇(てんむてんのう)が命じました。この勅命を受け、太安万侶(おおのやすまろ)が『古事記』編纂にとりかかったのです。

『古事記』の作者は太安万侶とされていますが、実際は、彼一人が書いたものではありません。太安万侶はチーム名のようなものです。おそらく『古事記』編纂所のような部署が宮中に設けられ、当時の文化官僚たちが集まって、従事したものと考えられます。

また、『古事記』作中では、天武天皇の命を受けた稗田阿礼（ひえだのあれ）が記憶を語り、それを太安万侶が書きとめたとされていますが、これは演出ですね。稗田阿礼という人物は編纂チームの一人としていたかもしれませんが、『古事記』は彼の記憶だけでなく、たくさんの先行作品を整理してつくられた書物です。

政治的な目的、文学的な喜び

なぜ天武天皇は、『古事記』をつくりたかったのでしょうか。まず『古事記』には、政治的な意図があります。『古事記』は、世界がどのように生まれ、日本がどのようにできたかを語る神話です。

天と地が初めて開けたとき、高天（たかま）の原に天の神が次々に生じました。天の神たちは、伊邪那岐神（イザナキのカミ）と伊邪那美神（イザナミのカミ）に、国づくりを命じます。イザナキとイザナミは次々に島を生んで国土をつくり、次々に子を生み、神の系譜を広げていく。これら天の世界に直結した子孫に天皇家がいる。そう書かれているのが『古事記』です。つまり『古事記』は、天孫という権威によって、天皇こそ国の運営者にふさわしいのだと立証する物語なのです。物語には、権威づけの働きがあるんですね。

ここで『古事記』が独創的だと思うのは、系譜の取り入れ方です。『古事記』には、とにかくたくさんの神様が登場します。天皇に直結する神様を中心にして、次々に子どもが生まれ、たくさんの子孫が広がる。この子孫たちは、全国各地の豪族のご先祖様にあたります。また、特に有力な豪族ほど、天皇家に近い血筋があたえられています。『古事記』は、神様の血縁関係が描かれた系譜でもあるのです。

この系譜のシステムによって、各豪族は天皇家の親戚として、由緒ただしい一族であるという保証をあたえられています。これは天皇家から豪族にたいする牽制になります。「お前たちは私の親戚なんだから、まさか反抗するわけがないよな?」と、あらかじめ反乱を抑えるわけです。系譜は、とても政治的な材料になるんですね。

こういった堅苦しい目論みの一方で、『古事記』にチャーミングな性格をあたえているのが、歌謡です。いろいろな場面で、登場人物たちが歌を詠みます。

それらの歌は、『古事記』のために新しく創作されたものばかりではありません。民謡として人々の間に流布していた歌を、物語に合わせてはめこんだものが多いと思います。そのせいでしょう、歌が物語に沿いきれていない場面があります。

歌謡はそれ自体として、人の心を惹きつける魅力があるものです。編纂者たちは歌謡の文学的な喜びに抵抗できず、いっけん相反する歴史の記述のなかにも、歌謡を取り入れたのです。

編集という観点

歴史、神話、伝説、系譜、歌謡、これらを素材として集めて構成する。それが『古事記』の基本方針です。この構成には先行作品がありません。ひじょうにオリジナリティのある構成です。特に、露骨なまでに系譜を組み込んだこと、魅力的な歌謡を取り入れたことが、『古事記』の特徴です。

一つの比較として、中国の歴史書を見てみましょう。司馬遷（しばせん）の『史記』です。『史記』は、中国政府が正式に認めた最初の歴史書、つまり正史です。紀元前百年頃に書かれました。『史記』は、五つのパートに分かれています。「本紀」は、各王朝の帝王の業績を年譜風に記述したものです。「世家（せいか）」は、地方の豪族らの業績を記述したもの。「列伝」は目立って活躍した個人についての伝記です。「書」は、天文、地理、学術、制度、などの概説です。「表」は、年表です。

ここに歌謡はありませんね。ぼくの知るかぎり、歌謡や詩が取り入れられた歴史書は、ほとんどありません。ちなみに、中国には紀元前千~七百年の間に書かれた詩をまとめた「詩経」というアンソロジーがあります。

　太安万侶の、書物に対するセンスは特筆に値すると思います。それは編集的センスです。集めて、編む。この二つの段階が編集にはあります。ゼロから新しいものを書くのではなく、たくさんの素材を集めて選び出し、一つの形にまとめるという観点です。

『古事記』以降、文学に残る作品の多くが、この編集的センスに支えられました。たとえば、藤原定家（ふじわらのていか）による『新古今和歌集』という、詩歌を集めたアンソロジーがそうです。『新古今和歌集』が、こののちの文学の基本線をつくったと言っても過言ではありません。松尾芭蕉（まつおばしょう）によって変化がもたらされる江戸時代まで、『新古今和歌集』が示した文学の規範は不動のものでした。

　アンソロジーとは、一つの文学観によって多くの作品をまとめて、時代の文学の正統な姿を示すことです。これは編集的センスのなせる技であり、批評眼をともなう仕事でもあります。

「日本文学全集」をつくることに決めたぼくは、これは大変なことを始めてしまったと思いました。作家として小説を書くのもぼくの大事な仕事だけれども、それと同じくらい、「日本文学全集」をつくることは、文学の姿にせまる重要な仕事でした。

世界の神話

『古事記』だけでなく、世界にはたくさんの神話があります。どの神話も、はじまりは天地創造、どのようにして世界が生まれたかが書かれます。

何もないところに世界を生む。まずは、天空と地上くらいは欲しいところです。小説的に言えば、登場人物が動く場所が必要になりますからね。

中国の神話は、一人の主人公から始まります。まだ天地の境がなく、卵のようにひとかたまりであったところに、盤古が生まれ、天と地が分かれます。これを天地開闢と言います。盤古が大きく育つとともに、地面がどんどん厚くなる。やがて盤古が死んだとき、その遺骸が山や海、太陽や月となり、世界のかたちが生まれました。

ヒンドゥー教の神話では、もとより多くの神様がわいわいと存在しました。そして神様たちとアスラという悪鬼が、不老不死の霊薬アムリタをめぐって戦いをくり広げていました。やがて戦いに疲れた両者は、維持神ヴィシュヌに助けを求めます。するとヴィシュヌは、たがいに協力して大海を掻き回せば、アムリタを手に入れることができると言います。この乳海攪拌をおこなうことで、世界が安定しました。アンコール・ワットにこの場面の浮き彫りがあることでも有名ですね。

ギリシア神話では、はじめにあるのはカオスです。カオスとは光もかたちもない、虚空あるいは混沌のことです。カオスから、大地の神ガイア、暗冥の神タルタロス、愛の神エロスが生まれます。どれも人格のない、ものごとを抽象化した神様です。ここから、夜の神、昼の神、海の神、死の神、夢の神などが生まれ、しだいに人間顔負けの愛憎劇をくり広げていきます。

ポリネシア神話では、マウイという神様が世界をつくりました。マウイは、闇夜が続くことにうんざりして、海から空を持ち上げて星空をつくる。太陽があまりに速く回ることに疲れて、投げ縄で太陽をつかまえて、ゆっくり走ることを約束させる。まるでトリックスターのような神様ですね。

では、日本の神話『古事記』はどうでしょうか。天界から地上へ降りるよう命じられたイザナキとイザナミが、天と地をつなぐ天（あめ）の浮橋（うきはし）に降り立ちます。そこで、天（あめ）の沼矛（ぬぼこ）をもち、海を掻き回しました。矛を引き上げると、そこから滴った潮が凝り固まって島になりました。それが淤能碁呂島（オノゴロシマ）です。

おもしろいですね。矛を海に入れて掻き回し、引き上げると潮が滴った。これには、二つのことが喩（たと）えられています。

一つは、塩づくりです。海水を太陽の熱で蒸発させると、どろっとした塩ができあがりますね。おそらく古代からおこなわれていた製塩の行程が、ここで描かれているのだと思います。

もう一つは、セックスです。矛が男性になり、海が女性になり、その交わりに滴ったものから何かが生まれる。潮は精液の比喩でしょう。

生まれたばかりの淤能碁呂島で、イザナキとイザナミはセックスをして、次から次に島を生む。そうして世界ができました。

天地創造の段階からセックスが関わっている神話は、他にありません。セックスから生み出す。これは、日本人に古くからある考え方だとぼくは思います。

じつは、イザナキとイザナミは名前からして、セックスがなぞらえられています。イザは古い日本語で、「誘(いざな)う」という意味です。おたがいを性交へと誘う、そんな名前をもつ二人から、日本が始まりました。

速度と文体

『古事記』は速い。物語がどんどん先へ進みます。

神様も人間も、迷わず、ためらわず、悪びれず、すぐ行動に出ます。登場人物たちは、直情径行ですね。

盗むのも、逃げるのも、殺すのも、愛するのも、とにかく速い。すべての出来事が速やかに起こり、あっという間に終わります。

『古事記』を現代語訳するにあたって、この速さが大事だと思いました。原作のスピード感を維持するには、どういう文体がいいのだろうかと、ぼくは悩みました。

『古事記』には、我々現代人が知らない事柄がたくさん出てきます。つまり、注釈が必要になるのです。

これまで刊行された『古事記』現代語訳の多くは、注釈が本文に織り込まれています。すると文章が長くなる。それを読んでいると、どうしてもスピード感が落ちてしまいます。早く先へ進みたいのに、何かが足にまとわりつくような感じです。

その感触を、ぼくはぬぐい去りたかった。そこで、脚注をつけるという手段を思いつきました。本文と注釈を分けて書いたのです。そうすれば、本文が身軽でいられます。ちょっとずるい手段かもしれませんね。

脚注は、それぞれの項の直下に並べました。本文を読み進めるなかで、これは何だろうと気になったときは、ページの下方に目を移してください。そこに注釈が置かれています。ちょっとくらいわからなくてもいいから先を読みたい。そう思われるときは、脚注を無視して、先へ先へと急いでください。

速いこと。本文を身軽にすること。これがぼくの『古事記』現代語訳の大事な方針でした。

「なる」という動詞

イザナキとイザナミはその島に降りたって、まずは天の柱を立て、幅が両手を伸ばした長さの八倍もあるような大きな神殿を建てた。

そこでイザナキがイザナミに問うには――

「きみの身体はどんな風に生まれたんだい」と問うた。

イザナミは、

「私の身体はむくむくと生まれたけれど、でも足りないところが残ってしまったの」と答えた。

それを聞いてイザナキが言うには――

「俺の身体もむくむくと生まれて、生まれ過ぎて余ったところが一箇所ある。きみの足りないところに俺の余ったところを差し込んで、国を生むというのはどうだろう」

（『古事記』池澤夏樹訳『池澤夏樹＝個人編集　日本文学全集01』※以下、池澤訳）

「むくむくと生まれ（る）」とぼくは訳しました。原語は「なる」です。日本語において、「なる」はとても大事な動詞です。

たとえばキリスト教では、「なる」という考え方がありません。かわりにあるのは、「つくられる」です。キリスト教において、世界は神様が「つく（った）」ものです。したがって、世界のありようは、創造主である神様に責任があります。

日本の場合は、世界は「な（った）」。誰かがつくったのではなく、勝手に生まれてきたものなのです。草が生えてくるように、木の実が成るように、生まれてきました。

イザナキとイザナミの体についても同様です。体は、体として何かにつくられたのではなく、体自身の力で体に「なる」のです。

「なる」という動詞がもつ不思議な感じを、ぼくは「むくむく」という言葉で表現しました。「むくむく」という語感には、生命力の発露が感じられませんか。

この「なる」という日本独特の考え方は、いったいどこからやってきたのでしょうか。それは、日本の風土によるものだと思います。

日本は温帯に属して温暖かつ湿潤な気候で、豊かで暮らしやすい環境です。人間が手を加えなくても、草木は勝手に生えてくるし、自然はひとりでに変わっていく。人々は、自然の生命力のなかにあって、その変化を愛おしむことができたのです。その様子は古来より、「つくる」よりも、「なる」という動詞がふさわしいものだったのでしょう。

天皇礼讃の物語？

『古事記』に取り組んでいると、ときどき言われることがありました。「あんな天皇礼讃の本を、池澤さんが手がけるんですか」。そうおっしゃるのは、お年寄りの方が多いです。これは、若い方はご存じない事情かもしれませんね。

戦前から戦中にかけて、日本の為政者たちは、大元帥である昭和天皇を礼讃し、国民の戦意を高揚させるために、『古事記』を利用しました。万世一系という言葉を聞いたことがあるでしょうか。永久に続いていく家系として天皇家を賛美する言葉ですが、こういった思想とセットで『古事記』が語られていたのです。

たしかに世界の王族のなかでも、古代から現代までつながっている家系は、日本の天皇家の他にありません。一九四六年までは、エチオピアでも王族の家系が続いていましたが、一九七四年に王制が廃止されました。

そういった歴史的背景から、『古事記』にたいして批判的なご意見がたびたび寄せられます。しかし、実際に『古事記』を読んでみると、案外そうでもないんですよ。天皇がいかに偉大で立派であるかということは、あまり書かれていません。

ただ、神武天皇だけが例外です。勢いよく敵を滅ぼし、東へ東へと国土を広げ、国家の形態をつくった。神武天皇だけは勇ましい武勲が描かれていますが、これは『古事記』全体の十数分の一にすぎず、それ以上のものではありません。

ゴシップと神話

じつのところ『古事記』は、天皇家の武勲を誇るお話ではないのです。武勲よりも圧倒的に多いのは、ゴシップです。このゴシップ、意外と大事なんですよ。
文学のはじまりは神話だとよく言われますが、神話の中身はほとんど、神様たちのゴシップです。とても個人的な噂話が語られます
ギリシア神話に、アフロディテという女神がいます。愛と美と性の神様です。アフロディテは、火と鍛冶の神であるヘパイストスという夫がありながら、他に愛人を何度もつくりま

す。あるとき、アフロディテと軍神アレスの密会を見つけたヘパイストスは、裸で寝ている二人を網で捕まえて、その姿を神様たちの前にさらしました。

神話は、こういったゴシップの宝庫です。

『古事記』もそうです。先ほど武勲の話で名前をあげた神武天皇ですが、彼のゴシップも書かれています。あまりに赤裸々で品がないので、驚かないでくださいね。神武天皇の妻になるイスケヨリヒメが神の子であることが明らかになる場面です。

「ここに一人の乙女がおりまして、神の子と言われています。
そのわけはと言えば、まず
三島湟咋（ミシマのミゾクヒ）の娘で、名を
勢夜陀多良比売（セヤダタラ・ヒメ）
という美しい女がおりました。美和（みわ）の大物主神（オホモノヌシのカミ）が見初めて、この美人がうんこをしている時に丹塗矢（にぬりや）に化けてうんこを流す溝まで流れくだって、その美人のホトを突っつきました。
美人さんはびっくりして、あわてて立ち上がり、その矢を寝室に持っていって寝床の近くに置いたところ、たちまち見目麗しい男になりました。そしてその美人を妻として

生んだのが、

富登多多良伊須須岐比売命（ホト・タタラ・イススキ・ヒメのミコト）、またの名を

比売多多良伊須気余理比売（ヒメ・タタラ・イスケヨリ・ヒメ）

という乙女なのです（名前を変えたのは「ホト」という言葉を嫌ったからで）。

そのために神の子と呼ばれているのです」と話した。

（池澤訳）

ホトとは女性器のことです。ホト・タタラ・イススキ・ヒメという名の語源をたどると、ホトに矢を立てられて慌てた女という意味なんですね。これが、日本の初代天皇である神武天皇の、正式な妻の名前です。

仁徳天皇と四人の女

もう一つ、ゴシップの例をあげましょう。

仁徳（にんとく）天皇です。名前からして、いかにも名君という感じがしますね。仁も徳も、儒教では

とても大事な特質です。『古事記』には、仁徳天皇のとても有名なエピソードがあります。
仁徳天皇が高い山に登って上から町を見下ろすと、竈（かまど）の煙が上がっていませんでした。どの家も、食事を煮炊きするだけの生活力すらない。そう察した仁徳天皇は、三年間、税金の徴収を止めてみることにしました。それから三年がたち、ふたたび仁徳天皇が山に登ると、今度は竈の煙が上がっていた。民たちの生活力が戻ったことを確かめて、仁徳天皇は税金を徴収することにしました。

このエピソードはたいへんに人気があり、特に戦前などは、仁徳天皇は名君として誉（ほ）め讃えられました。ただ『古事記』のなかでもっと大事なのは、仁徳天皇をめぐる四人の女たちです。

まず、正妻の石之日売命（イハ・ノ・ヒメのミコト）がいます。イハノヒメはひどいやきもちやきで、仁徳天皇が女官と話をしているだけで地団駄を踏んで怒るという、なんとも始末の悪い人です。仁徳天皇はイハノヒメの嫉妬深さにまいっていました。

天皇は子孫を残すのが職務の一つですから、世継ぎを産ませるために、宮中には国中から美女が集められています。そのなかの一人に、黒日売（クロ・ヒメ）がいました。クロヒメと仁徳天皇の関係に、イハノヒメが激怒します。それが嫌さにクロヒメは、故郷の吉備（きび）に帰ってしまいました。

さびしい仁徳天皇は、淡路島に用があるとうそをついて、そこから海を渡ってクロヒメに会いに行きます。なんとか宮中へ連れて帰ろうとする仁徳天皇にたいしてクロヒメは、イハノヒメがいる宮中に戻りたくないと断りました。

その後、八田若郎女（ヤタのワキ・イラツメ）という美女が宮中へやってきました。ところが、彼女もイハノヒメに追い出されてしまう。仁徳天皇がヤタノワキイラツメの身を安じます。女が独りで子どももなしに老いていくのは哀れだと、歌を詠むのです。しかしヤタノワキイラツメは、自分は独りでいいのだと、あっさり身を引きました。

つづいて仁徳天皇は、弟の速総別王（ハヤブサ・ワケのミコ）を遣わせ、女鳥王（メドリのミコ）という美女を宮中に連れてくるよう命じます。ところが、メドリはそれを断る。この頃にはもう、イハノヒメと彼女に追い出された女たちの噂話が、方々に伝わっていたからです。それどころか、メドリはハヤブサワケの妻になりたいと言い出す。メドリとハヤブサワケは夫婦になるのですが、これは天皇に対する反逆です。怒った仁徳天皇は軍勢を送り、二人を殺します。

名君として名高い仁徳天皇ですが、『古事記』で描かれている多くは、女たちとのゴシップなのです。

恋と平和

武勲の話よりも、恋のゴシップが多い。

それほどに、『古事記』の時代には、国が安定していたと言えるでしょう。

一つにはこの時代に、中央政府によって国が平定され、国政が落ち着いたからだと考えられます。しかしながら最大の要因は、島国という地形がつくった気風にあると思います。

海に囲まれた日本は、外から敵が攻め入りにくい。中央に都をつくり、国と名乗れば、それなりに安定した状態が維持できます。

異民族と国境を隣接する国では、そうはいきません。たえず外に向かって目を光らせるとともに、国内を統一しておく必要もあります。

武勲の話は、国内を統一するのに効果をもちます。戦争の英雄たちを讃えることで、民に自分たちの国の歴史に誇りをもち、国の歴史が一つにまとまります。どの国の文学史を見ても、初期に武勲詩があるものです。

文学史のはじまりに武勲詩をもたない日本は、とても珍しい国です。それどころか、日本の王族たちは、恋の歌を詠んでばかりいました。

『古事記』における恋愛の多さは、古代日本がとても平和ないい国だったということを証明しているのでしょう。

英雄ヤマトタケル

『古事記』のなかで英雄を見つけるとしたら、倭建命（ヤマトタケルのミコト）でしょう。登場人物のなかでヤマトタケルだけが、誕生から死までをたどった一代記として書かれています。『古事記』の代表的な登場人物ですね。

ヤマトタケルは粗暴な美少年でした。女に化けて敵に近づき、一気に首を掻き切る場面があります。美しさと荒々しい気性とが、うまく活用されていますね。

しかし、ヤマトタケルの人生は、しだいに悲劇性をおびていきます。

ヤマトタケルは強いがために、父に疎まれます。辺境を征服するよう父から命じられ、ヤマトタケルは西を治めたのち、東へ向かいます。行く先々で武勲を立てるのですが、しかしヤマトタケルは、自分がなぜ父から遠ざけられるのかわからない。帰るべき故郷もありません。

ぼくにはヤマトタケルの妻の死が悲しいものに感じます。ヤマトタケルが現在の浦賀水道のあたりの海を渡ろうとするも、荒波によって渡ることができない。すると妻の弟橘比売命（オト・タチバナ・ヒメのミコト）が、自分が人身御供になって海を鎮めるからと、海に沈んでいく。それによってヤマトタケルは無事に海を渡ります。オトタチバナヒメの死は、悲劇的な余韻をヤマトタケルに残します。こうした悲劇の感触をまとったまま、ヤマトタケルは亡くなります。

倭は　国のまほろば
たたなづく　青垣
山隠れる　倭しうるはし

倭は囲まれた国、山々は青い垣のように居並び、
その山々に守られて倭はうるわしい国。

（池澤訳）

ヤマトタケルは最後まで故郷に帰ることなく、故郷を思う歌を詠みながら、死んでいくのです。

弱いものへの共感

このあたりから、『古事記』のもう一つの性格が見えてきます。それが日本人の性格と言えるかもしれません。

それは、弱いものに共感を寄せるということです。『古事記』は、弱者や敗者に対する共感に支えられています。

たとえば、木梨之軽王（キナシ・ノ・カルのミコ）という兄と、軽大郎女（カルのオホ・イラツメ）という妹の恋の話です。兄と妹、禁断の恋ですね。

古代において、近親相姦（きんしんそうかん）のルールは、今とだいぶ違いました。たとえ父が同じでも、母が異なる兄妹ならば、恋愛が許されていました。あるいは叔父と姪（めい）も、叔母と甥（おい）も、咎（とが）められることはありませんでした。ずいぶん融通がきいたんですね。しかし当時でも、実の兄妹の恋は許されるものではありませんでした。

現在では六月晦大祓（みなづきつごもりのおおはらえ）という祝詞などに残っていますが、『古事記』の仲哀（ちゅうあい）天皇の場面に、大祓という言葉が出てきます。そこでは、祓（はら）うべき罪として、人間がやってはいけないことが書かれてあります。生剝（いきはぎ）（生きている獣の皮を剝ぐこと）や阿離（あわなち）（田の畦（あぜ）を壊すこと）などに並んで、上通下通婚（おやこたわけ）（母子間の相姦や母と娘の双方を姦すること）があります。

これらは罪であり、またそれ以上に穢（けが）れでした。日本人は罪と穢れの感覚が一体になっていて、だからこそ、穢れを流すことで罪が赦（ゆる）されると考えます。年に二度、人々の穢れを集めて海に流してしまえば、国は清められる。それが大祓の儀式です。

禁断の恋に落ちた二人はどうなったでしょうか。カルノミコは流刑に遭い、現在の道後温泉に流され、カルノオホイラツメはカルノミコを追います。落ち合うことができたものの、二人は心中して果てました。

これは罪の物語です。しかし、太安万侶は二人を糾弾していません。どちらかといえば、二人の悲恋に同情を寄せて書いています。太安万侶は、流される二人に、たくさんの歌を詠み交わさせています。

あるいは、アナホ（安康（あんこう）天皇）の話があります。

アナホは大日下王（オホクサカのミコ）を殺して、その妻であった長田大郎女（ナガタのオホイラツメ）を自分の妻にし、その幼い息子の目弱王（マヨワのミコ）も引き取りました。

しばらくして、昼寝から目覚めたアナホが、オホイラツメに向かって語り出します。いつかマヨワが成人したとき、本当の父を殺したのが自分だと知って、反逆の思いを抱くのではないだろうかと。アナホが寝ていたのは、神床という神聖な場所でした。

神床の下でアナホの言葉を聞いてしまったマヨワは、脇にあった太刀をとって、アナホの首を斬りました。あっという間の出来事です。

マヨワは、家来の都夫良意富美（ツブラ・オホミ）の家へ逃げました。しかし、アナホの弟である大長谷王子（オホハツセのミコ）の軍勢に、ツブラオホミの家は取り囲まれます。マヨワを引き渡せば命は助けると言うオホハツセに、ツブラオホミは毅然（きぜん）として断ります。そして戦いが始まりますが、多勢に無勢、マヨワとツブラオホミに勝つ見込みはありません。殺してくれと願うマヨワを、ツブラオホミは刀で刺し殺し、そして自分も首を切って死にました。

この場面も、太安万侶の心は、追いつめられて死んでいく二人のほうに寄りそっています。日本人は古来より、罪をおかす弱いもの、世間からはじかれて負けたものへ、共感して生きてきたのです。

『古事記』が教える日本人

ふりかえると、ぼくが「日本文学全集」をつくりたいと思ったのは、日本人について考えたかったからです。

東日本大震災の後、ぼくは東北地方に通いました。ときには取材で、ときにはボランティアとして、壊滅的な状況に触れました。そのなかで思ったのです。

これほど災害の多い国で、人々はどうやって生きてきたのだろう。この国は、どんなふうに人々の性格をかたちづくったのだろう。島国という地形、四季のある風土、火山を恐れながらも温泉でくつろげるこの土地を感じながら、昔のことに思いをはせました。

ぼくは文学者ですから、手がかりを文学に求めました。しかしながら、いざ勉強するぞと意気込んでみても、なかなか一人で読み進められるものではありません。だからいっそのこと、「日本文学全集」の編纂を自分に課して、そのために猛勉強をしようと考えました。

その大きな成果が『古事記』でした。ぼくは『古事記』を読み深めることで、日本人の性格をつかむことができました。

一つは、恋愛を大事にとらえていることです。

『古事記』に登場する神や人間、つまり日本の王族ほど、恋の歌を詠み継いできた人たちはいません。天皇はながらく文化の王でした。

明治時代、日本が軍国化すると、天皇の役割は、文化の王から武勲の王に変わりました。一夫一婦制ですからいくら天皇といえど、恋の歌を詠むことはできなくなりました。天皇の姿が、恋をする人でなく、戦う人になった。このことに、私たちはもうすこし目を配ってもよい気がします。

いかに日本文学の主流が恋愛にあったかを、『古事記』につらなる「日本文学全集」シリーズ作で、わかっていただけると思います。和歌のテーマは、いつも恋です。『源氏物語』という、日本最古の世界文学レベルの恋愛小説だってあります。

そしてもう一つは、弱いものへの共感です。人間は弱いものであるという考え方が、古来より連綿とつづいているのです。

『古事記』には、勝利を祝い、人の強さを誇る話は少ない。いつも敗れた者に寄りそい、人の弱さを嘆きます。

軍記ものと言われる『平家物語』も、実際は、平家一門が滅びていく話です。戦争の場面は少なく、滅びる過程に戦いがあるにすぎません。

書き手の思いはいつも、勝ったほうでなく、滅びるほうにありました。戦争は、よく勇ましく描かれるけれども、いっぽうで哀れです。名乗りを上げて攻めていき、様式美にのっとって戦いながら、しかしいずれ敗して、死んでいくのですから。

日本人の心性は、『古事記』の昔からあったのだと思います。やまとごころ、もののあわれ、無常観、日本文学の特徴とされるものは、すべて『古事記』に見つけることができます。日本文学は、それを洗練させながら、連綿と伝えるいとなみでありました。

「なる」ように、次々と生まれては、すみやかに変化する。すべてが移ろう世界です。今、この季節にそえば、「世の中は三日見ぬ間の桜かな」ですね。『古事記』につらなる日本文学の世界を、「日本文学全集」で楽しんでいただければと思います。

質疑応答

【質問1】池澤さんのお父様である福永武彦さんも、『古事記』を現代語訳されていますね。ご参考にされることはありませんでしたか。

最初は親の翻訳だから使ってもいいかと気軽に思っていたのですが、いざ読んでみると、姿勢が違うんです。先ほど申し上げたとおり、『古事記』は話が速い。速くなければ『古事記』ではない。それがぼくの古事記観です。対して福永訳は、本文に説明を取り込んで、敬語を多く使っています。文章がもっさりしているんです。ぼくの方針とは違ったので、参考にすることはなかったです。

比較的短い現代語訳としては、石川淳さんの『新釈古事記』があります。ただ、石川訳の文体はあまりにも特殊ですべてが石川淳色に染まっているため、参考にはなりませんでした。唸(うな)らされたのは、こうの史代(ふみよ)さんの『ぼおるぺん古事記』というコミックです。とても覚えきれないほど神様の名前が出てくるのが『古事記』の大変なところで、ぼくは名前を縮める工夫をしましたが、コミックはこういった心配が要らないんですね。なぜなら、顔で描き分けられるからです。これはまいったと思いました。

【質問2】「日本文学全集」は、第一巻の『古事記』が最初に出版されて、次に出たのが第二十三巻の『中上健次』でした。これにはどういう意図があったのでしょうか。

『古事記』の次が『中上健次』だったのは、ほとんど偶然です。まず三十の巻を立てて、それをどういう順番で出していくか。様々なことを考えましたが、時系列や内容でつないでいくことよりも、あちこちに飛び跳ねながら世に送り出していく感じにしたいと思いました。ぼく自身、『古事記』の後に中上健次を読んで、あらためて気がついたことがあります。中上が書いていたのは、まさに『古事記』的な世界だったということです。中上の作品世界では、人間たちが欲望のままに、強烈な生き方をしていますね。『古事記』の登場人物とよく似ています。中上健次とぼくは一歳違いで、自分と同時代に『古事記』の世界がまだあったということに大変驚きました。そんなふうに、時代を超えてつながっているものを、皆さんにも感じていただきたいです。

【質問3】 たとえば、『竹取物語』の処女のまま天に昇るかぐや姫のお話から、現代社会の私たちはどのようなことを学べるでしょうか。

文学は、そうそう直接に役立つものではないと思います。ただ、文学のなかには、人間の原型があります。

私たちは普段、表面のふるまいでお互いを理解しようとするけれども、もっと深いところに埋められた基本のかたちがあると思うんです。文学を読むことで、それを知ることができる。人間のふるまいのパターンや心のありようがたくさん入ってきて、自分がもっている経験的な人間の定義がぐっと広がっていく。人の見方が豊かになる。

「処女を守りましょう」なんて言ってもしょうがありませんしね。

これは文学だけでなく、音楽や映画でもいいんです。芸術という知的な活動によって、生きていく上での力を得るということだと思います。こういうことを言うと、反知性主義が勢威をふるう今の日本では、「インテリ面するな」なんて言葉が返ってきますけどね。しかしやっぱりぼくは、文学を読むことには大いなる意味があると信じています。もちろんそのなかに『竹取物語』もあります。

日本霊異記・発心集

日本の文学はすべて仏教文学

伊藤比呂美

［日本霊異記］

平安時代初期の九世紀初めに、奈良の薬師寺の僧・景戒が執筆したとされる日本最古の仏教説話集。正しくは『日本国現報善悪霊異記』という。雄略天皇から嵯峨天皇まで因果応報の説話百十六篇を、上・中・下の三巻に分かち、ほぼ年代順に日本風の漢文で書かれている。性愛への欲望、生への執着など、人間の存在の根本をえぐるような話が多い。

［発心集］

鎌倉時代初期、鴨長明が『方丈記』（一二一二年）を書いた数年後に編んだとされる仏教説話集。流布本は全八巻・一〇二話。発心とは、悟りを求める心、菩提心を起こすこと。高僧や名僧という評判が立つのを嫌って、失踪の後、渡し守に身をやつしていた玄賓僧都の話など、仏教を志す在り方を説いた。

古代の流星群

「伊藤先生、お願いいたします」と呼ばれて出てきましたけど、あたしは先生と呼ばれるほどの者じゃないですよ。ただの詩人です。学者みたいな仕事をしたいと思ってはいるんですけど、学者じゃないから、調べものをたくさんしても、どうも情報に飲まれてしまう。その上、仕事が一つ終わるたびに何もかも忘れてしまうから、また興味持ったときに、一からやり直さなければならない。つまり、今日ここで話す『日本霊異記』『発心集』のことも、すっかり忘れちゃってました。皆さんも、そんなメモなんて取ろうとせず、リラックスして聞いてください。

あたしが最初にハマった古典は、『説経節』という中世の語り物でした。『説経節』の現代語訳もやりました（『池澤夏樹＝個人編集　日本文学全集10』の巻に収録）。『説経節』にハマって、『説教節』みたいなものをもっと読みたいと思っていろいろなものを読むうちに、『日本霊異記』に出会った。

『日本霊異記』とあたしをつなげたのは、流星雨。あたしはああいう天文ショーが大好きでして。ちょうどそれは流星群が見える頃で、あたしは毎夜、屋根に寝袋を出して寝ころがって、空を見上げたりしていました。そしたら『日本霊異記』の下巻第三十八で、景戒（きょうかい）さんも流星雨を見ていた。

流行り歌の縁、付・夢の話

引きつづき、山部（やまべ）天皇のみ代。延暦（えんりゃく）三年（七八四）冬十一月八日の夜、夜の八時頃から夜明け前の四時頃まで、天の星がことごとく動いた。空いちめん、星が入り乱れてほうぼうに飛び交った。同じ月の十一日、帝と早良（さわら）皇太子は、奈良の宮から長岡の宮に都を移した。天の星の飛び交ったのは、都の移る前ぶれだったのである。

（下巻第三十八）

（「日本霊異記」伊藤比呂美訳『池澤夏樹＝個人編集　日本文学全集08』※以下、伊藤訳）

ずっと昔、千二百年前に生きた景戒という人が、あたしの近くに来た気がした。それまで「景戒という人」だったのが、「景戒さん」と親しげに呼びかけたくなりました。

流星雨の話の後、景戒さんは自分の夢について、そして自分のコンプレックスについても、話をつづけてくれました。昔、いっしょに修行していた人が夢の中に出てきた。ものすごく背が高くなっていた。善い行いをして善根を積んだせいだ。自分の背が低いのは、善根を積んでないせいだ。そう考える景戒さん。たぶん現実でも背が低くて、それをコンプレックスに思っていたんでしょうね。善行で背が高くなるなんてトンデモですけど、そのトンデモなところが、景戒さんの持つ古代性に結びついている気がして、あたしはすごく惹（ひ）かれました。古代人の気持ちが初めてわかった気がした。

景戒さんは死についても書いていました。この頃、景戒さんは息子や馬を亡くしたことを淡々と書いています。その悲しみがある、必死で感情を抑えている、そんな筆致で、またますごく近しく感じました。太宰治（だざいおさむ）や中原中也（なかはらちゅうや）みたいに近く感じたんです。景戒さんの話はそれまで読んできた古典と違って、あたしのすぐ傍（そば）で書かれている気がしたんです。まさか千二百年前の人に、そんな親近感を感じて、その文学にハマるとは、自分でも驚きでした。『日本霊異記』とあたしの出会いはこんなきっかけでした。あるとき、ある説話を思い出して、すごくそれが読みたくなったんですよ。

貧しい女が蚕（かいこ）をとてもかわいがって育てていた。女が蚕をかわいがって飼う様子を「掻撫（かきな）でつつ養ふ」と書いてある。この言葉が、ま、詩人ですから、頭にこびりついて離れなくなったんですね。ところが、その蚕を、女の飼い犬がぱくっと食べちゃった。そしたら犬の鼻から上質な絹糸が際限なく出てきて、女は生き延びることができた、という話。

たしか『日本霊異記』の一節だった気がして、ちくま学芸文庫『日本霊異記』の上巻を買ってきた。「掻撫でつつ」を探しながらひととおり読んでみたんですけど、見つからない。しょうがないから、中巻も読む。でも見つからない。下巻も読む。そうやって『日本霊異記』を最初から最後までぐいぐい読んじゃった。結局、この話は『日本霊異記』じゃなくて、『今昔物語』に入っていました（「参河の国に犬頭の糸を始むる語　巻第二十六第十一」）。でも、あたしは勘違いのおかげで、『日本霊異記』を全部読めちゃった。これもまた、日本のフシギな話のような気がしませんか？

エロ満載。生きるがまま、死ぬがまま

読むうちに気づいたのは、『日本霊異記』はエロいってことです。だから今日はエロい話をいっぱいしします。申し訳ないです。これってセクシャルハラスメントに近いかもしれない。あたしはこれからセックスだヴァジャイナだとお話しするわけですけど、皆さんは会場から逃げられない。そういうものだと諦めて聞いてください。

あたしは高校のときから古文が好きでした。英語ができなかったから、リベンジみたいな気持ちがあったかもしれません。古文の先生が『古文研究法』という参考書を教えてくれた。小西甚一（じんいち）先生の名著です。一冊じっくり読んで、ついている問題をやれば、古文が読めるようになる、そんな参考書です。それをやったら古文を気軽に手に取れるようになったんですけど、学校で教わる古文はクソおもしろくないんですよね。『源氏物語』も『方丈記』もさわりしかやらないし、仏教説話は毒にも薬にもならない話ばっかりだし。だから、大人になって『日本霊異記』を読んだとき、ひっくり返って驚きました。なんとエロい。そこらのポルノ小説より、ずっとエロくておもしろい。

ポルノ小説は、決まりきった言葉を使います。悲しいかな、人間っていうのは、そういう決まりきった表現を見たり読んだりして、自分を欲情させていく。ところが『日本霊異記』のエロさはそうじゃない。「ペニスがある。ヴァジャイナがある。入れる。おしまい」。決まりきった表現の入りこむ隙のない簡潔さ。そしてその性に向かう態度も、まっすぐで、あけっぴろげです。これを高校のときに知っていたら、どんなに楽しく古文の勉強がはかどっただろうと思います。「ゆく河の流れは絶えずして」なんて、爺（じじい）のつぶやきみたいなものばっかり読まされて育ってしまって遅かりし由良之助でした。まあ、三十代後半になってから、セックスを思いきり知ってから読んだのも、よかったのかなとも思うんですけどね。

その中でも『日本霊異記』のセックス用語。これがまあ、正直で、まっすぐで、ほんとうにおもしろい。景戒さんはね、きっと本を読むのが大好きな人だったんですよね。で、セックスもきっと大好きだった。本といっても大抵がお経ですけど、お経の中にもセックスにかかわる話がいろいろと出てくる。お経というのもまた、語り物の一つですから。景戒さんには、セックス話はみんな生きる死ぬるの根源的な話だと思えるわけです。それで、ついメモをとって書きとめる。そのうちに、セックス話の入った説話がたくさん集まった。それを一冊の書物にしたのが『日本霊異記』です。

「法花経(ほけきやう)を写し奉る経師(きやうじ)の、邪婬(じやいん)を為して、以て現に悪死の報(むくい)を得し縁」という話を紹介します。邪婬とは、よこしまなセックスのことです。セックスそのものがよこしま、っていう意識は景戒さんにはまったくなくて、たまたまやっちゃいけない場面でやっちゃっただけ。セックスはただセックスで、やってはいけないもの、隠すべきものという考えは、景戒さんにはありません。

邪婬の縁

丹治比(たじひ)の経師(きようじ)は、河内(かわち)の国丹治比の郡(こおり)の生まれ、姓(うじ)は丹治比。それでこう呼ばれた。

丹治比の郡に一つの寺があった。野中堂といった。願を発した人がいて、宝亀二年（七七一）夏六月、丹治比の経師を招いて、法華経を写させた。女たちがあつまって、きよらかな水を硯の中に注ぎ足す手伝いをした。

午後三時、空が曇って雨が降り出した。

人々は雨を避けて堂に入った。

堂の中は狭かった。

経師と女たちは同じところにいた。

そのとき、経師に欲情がむらむらとわきおこった。

一人の女の後ろにしゃがみこみ、裳をからげて、セックスをはじめた。

ペニスがヴァギナに入ったその瞬間、二人は死んだ。

手をにぎり合ったまま死んだ。

女は口から泡を吹き出して死んだ。

これでわかった。仏法を護るために、罰が下されたのである。

愛欲の火は心身を焼き焦がす。それはしかたがない。でも、いっときの欲情に流されて穢いことをするな。愚かな人間が貪るのは、蛾が火に入るのと何ら変わらない。

律にこう書いてある。

「背骨の柔らかい男は、自分の口でマスターベーションする」と。
涅槃経(ねはんぎょう)にはこう書いてある。
「色・声・香・味・触、その本質は空だという教えを知れば、快楽などあるはずがない。犬がからからに乾いた骨をかじっておる、いつまでも飽きずにかじっておる、あのように空(むな)しいものだ」と書いてあるのは、これをいうのである。

（下巻第十八）

（伊藤訳）

原文で、セックスは「婚(くながひ)」。ペニスは「閉(まら)」、ヴァジャイナは「閪(くぼ)」です。「閉」はもともと仏教用語で、欲望を起こす悪いもの。「閪」は、見てのとおりですね。我々のヴァジャイナは窪(くぼ)のような形になっている。

性を書く博愛主義

「閪」を見たとき、なんてストレートで当たり前な言葉なんだろうと思いました。これを今の日本語に訳すとしたら、何と呼ぶのがいいでしょう。あたしはセックスのことを書く女の書き手として、ずっとそれを考えつめてきました。たとえば、性器、女性器、陰部、女陰、いろいろな言葉がありますね。ストレートで下品な言い方だと、「おまんこ」というのがある。でも「おまんこ」は、自分の言葉だという気がしません。あたしは普通の女の子として育って、そういう言葉があるってことは知ってましたけど、実際に使ったことがないんです。

大学のとき、同じ大学で教えていた渥美育子（あつみいくこ）さんて方が、あるアメリカのフェミニズムの詩人の翻訳をする、その下訳を手伝ったことがありました。性器は出てくる、汚い言葉は出てくる、すごい詩だったんですけれども、下訳者としては、「cunt／カント」という言葉を「女性器」と訳した。そしたら先生から電話がかかってきて、「比呂美ちゃん、女性器はだめよ！　おまんこと訳すのよ！」と言われた。先生は、女で、三十代くらいでしたかね、とっても生き生きした、若い女でした。

言われたとおりに「おまんこ」と訳したら、これがけっこう評判になって、先生は大喜び。若い詩人だったあたしは、そうか、こうすればいいんだなと思って、自分の詩でも「おまんこ」と書いてみた。すると、男の評論家が大喜び。喜びながら嫌がるんです。意地悪な男の子が毛虫を持って女の子ににじり寄りますよね。ああいう感じで「おまんこ」という言葉が使えるんだなとわかりました。

しばらく「おまんこ」を使っていました。でもあるとき、はっと気がついた。「おまんこ」

はあたしの言葉じゃない。男が使ってきた言葉。男が女を性欲の対象にするときにおとしめて使う言葉であって、女から率先して使われてきた言葉じゃない。それに気づいて以来、あたしはこの言葉を使うのをやめました。

『日本霊異記』を訳すにあたって、それを何と呼ぶか。悩みました。迷った末に、医学的な用語を使うことにしました。なぜなら、それがいちばんニュートラルだから。でもまだ「これだ」というようなのは見つけてませんね。先ほどから便宜的に、あたしがふだん使っている英語の言葉として、ヴァジャイナと言ってきましたが、ヴァジャイナは日本語としてはしっくりきません。ヴァギナ、ワギナとも言いますけど、これもどこの言葉のルールに従って、そう発音するのかがよくわからない。膣（ちつ）って言葉は、なんだか好きで、よく使いました。「ちつ」ってかわいいし。すると今度ペニスのほうが、ペニス以外になんとも言えない。陰とか陽とか言いたくないし、男根も、なんか手垢（てあか）ついちゃってて、使う気がしない。対になるはずが、かたや膣でかたやペニス。揃（そろ）いません。

手足のことはすんなり書ける。顔のことも書ける。でも、性的なところがまっすぐ書けない。はっきり書いてはいけないような、タブー意識がありますよ。でもあたしは、手足や顔と同じように、性的な器官を書いてやりたいんです。つまり、博愛の精神ですかね。声を大きくして言います。あたしは好色だからセックスを書いてきたわけじゃない、博愛の精神で、性的な器官を平等に表現してやりたくて書いているんです。

　あたしが景戒さんに発見したのは、まさに博愛の精神です。おそらく景戒さんは、セックスを隠さなくちゃいけないものだと考えていなかった。いやらしいとも考えていなかった。ひょっとすると、人前でやっちゃいけないとも考えていなかったかもしれない。景戒さんがセックスに向き合う姿勢はとてもニュートラルです。それを素直に出すために、今の我々がニュートラルに感じる言葉を使うべきだと考えました。それが、セックスであり、ペニスであったわけです。ヴァジャイナだけは難しかったですね。ｖの発音は日本語にないし、ペニスやセックスに比べるとなじみも薄い。で、ヴァギナってやりましたけど、これだけは少し違和感が残ったままです。

　あたしはこう見えてすごくまじめなんですよね。『日本霊異記』を訳しているとき、アメリカやヨーロッパで日本文学を研究している友人たちの顔がしきりによぎっていました。ああいう人たちに、景戒さんの姿勢や心意気がちゃんと伝わる現代語訳にしたかったんです。だから、一字一句、まじめに、ニュートラルに、置き換えました。

　もしもこれが翻訳でなく、あたしの小説や詩ということなら、もっと自由に言葉を選んでたかもしれません。じつはあたしは数年前に、『日本霊異記』を下地にして、『日本ノ霊異（フシギ）ナ話』という小説を書きました。そこでは「くながひ（セックス）」や「くぼ」を使いました。古語の持つ奥行きが、創作の世界を広げてくれたと思ってます。

セックスの言葉は一つじゃない

先ほど「婚(くながひ)」を紹介しました。次の話では、「愛婚」を「くながひ」と読ませています。この愛は、今の私たちが「I love you」というときの愛ではありません。仏教的にいうと、愛は執着ってことですからね。あまりいい言葉ではないんです。執着してどうしようもないセックスのあり方です。あたしにも経験があります。厭(いや)なものです。

蛇の愛欲の縁

娘のヴァギナから、汁を注ぎ入れた。汁を一斗入れたら、蛇が離れた。それは殺して棄(す)てた。

蛇の子は白く凝り固まって蛙(かえる)の子のようである。蛇の子の身に猪の毛が突きささった。それがヴァギナから五升ばかり出てきた。汁を二斗入れたら、蛇の子が出きった。娘は正気に戻った。親が話しかけると、娘は答えて言った。

「夢を見てたみたい……。今は醒(さ)めてもとどおりになりました」

薬の効能は、このようにすごい。慎重に用いなくてはならない。

三年後、娘はまた蛇にセックスされた。そして死んだ。

そのとき、恋する心が娘の心に深く染みついたのである。

死ぬ間際まで、セックスしあう夫婦の情、なした子への親の情が残って、こう言い遺(のこ)した。

「わたしは死ぬけど、次の生でも必ず会います」

魂は、前の生で行なった善行や悪行から離れない。その結果、蛇や馬や牛や犬に、あるいは鳥に生まれ変わることもある。前生で執着が残っておれば、後生で蛇に愛されてセックスされる。あるいは、けがれた畜生に愛されてセックスされる。

愛欲は、手に負えない。


（中巻第四十一）

（伊藤訳）

女人大きなる蛇に婚せられ、薬の力に頼りて、命を全くすること得し縁

（略）開の口に汁を入る。汁一斗入る。乃ち蛇放れ往くを殺して棄つ。蛇の子白く凝り、蝦蟆の子の如し。猪の毛、蛇の子の身に立ち、閪より五升許出づ。口に二斗入るれば、蛇の子皆出づ。迷惑へる嬢、乃ち醒めて言語ふ。二の親の問ふに、答ふらく、「我が意夢の如くにありき。今は醒めて本の如し」といふ。薬服是くの如し。何ぞ謹みて用ゐざらむや。然して三年経て、彼の嬢、復蛇に婚せられて死にき。愛心深く入りて、死に別るる時に、夫妻と父母子を恋ひて、是の言を作ししく、「我死にて復の世に必ず復相はむ」といひき。其の神識は、業の因縁に従ふ。或いは蛇馬牛犬鳥等に生れ、先の悪契に由りては、蛇と為りて愛婚し、或いは怪しき畜生とも為る。愛欲は一つに非ず。

（『新編日本古典文学全集10　日本霊異記』小学館　※以下原文（訓み下し）同）

さて、「くながひ（婚、愛婚）」の他に、セックスを意味する言葉に「とつぐ（交通）」という言葉もあります。これらの語源を前に調べて感激したんです。ところがこれまた、どこに書かれてあったのか忘れてしまって、見つからない。ひょっとするとあたしの幻想じゃないかなんて疑っているんですけど、とても豊かなイメージなので、お話しします。

「くながひ」は、「杭（くい）を交える」「つっかえる」という動作をあらわしています。「とつぐ」は、「戸を継ぐ」です。言葉の奥に、まるでオノマトペのような動きが見えますよね。単にセックスを指し示すだけじゃなく、音とイメージで遊ぶようにしてセックスを表現しているんです。昔の日本語って、すごい。

言葉と呪術

景戒さんの頃は、今の我々が言葉を使う感覚とずいぶん違ったんですね。言葉が呪術に近かったんじゃないかと思うんです。それをいちばん感じたのが『日本霊異記』のはじまりのお話です。天皇と后（きさき）のセックスから始まります。

雷を捉える縁

帝（みかど）と后（きさき）は宮の正殿でセックスをしていた。
知らずに栖軽（すがる）が入ってきた。
帝は恥じて止（や）めた。

そのとき、空に雷が鳴りとどろいた。
帝が〈天子のことば〉を発した。
「おまえは、天の鳴る神を、お連れして、来られるか」ということばである。
「お連れしてまいります」と栖軽が答えた。
帝がまた〈天子のことば〉を発した。
「お連れして来い」ということばである。
〈天子のことば〉を受け取った栖軽は、磐余の宮から出て行った。

（上巻第一）
（伊藤訳）

雷を捉へし縁

（略）天皇、后と大安殿に寐て婚合したまへる時に、栖軽知らずして参ゐ入りき。天皇恥ぢて輟みぬ。
時に当りて、空に雷鳴りき。即ち天皇、栖軽に勅して詔はく、「汝、鳴雷を請け奉らむや」とのたまふ。答へて白さく、「請けまつらむ」とまうす。天皇詔言はく、「爾らば汝（なむぢ）請け奉れ」とのたまふ。栖軽 勅（みことのり）を奉（うけまつ）りて宮より罷（まか）り出（い）づ。

（原文）

人が言葉を発したことが、特別なこととして書かれています。

カギカッコでくくられる台詞（せりふ）の前後に注目してください。たとえば、〈天皇、栖軽に勅して詔はく、「汝、鳴雷を請け奉らむや」とのたまふ〉。そのまま訳したら、〈天皇が栖軽に言った、「お前は天の鳴る神を連れて来られるか」と言った〉です。「言った」が重複していますよね。「○○さんが△△と言った」では済まない。「○○さんが△△という言葉を発して言った」みたいな感じで、言葉そのもの、言葉を発することが、特別なこととして扱われています。

詩という形は、自分の意識を天の上に伝えようとするものだったと思うんです。詩は捧（ささ）げものでした。詩人は宮廷から命じられて、神様に捧げる言葉を書く人たちでした。ですから、詩を書くことは特別な能力と見なされ、詩は大切なものとして扱われました。景戒さんもそれを強く感じたはずです。

「雷を捉へし縁」を読んで、これは言葉じゃないとあたしは直感しました。天皇と后のセックスの話が、どうしても普通の文章に思えない。ただ動作を伝えるだけのものだと思えない。

一字一句、一文ごとが、呪術である。

これには理由がありました。あたしはまったく見落としていたのですが、この原文は漢文だったんです。考えてみたら、景戒さんの時代の人たちは、日本語でべらべら話すけど、読み書きは日本語でできなかった。漢文で書いていたんです。

日本語が読み書きの言葉として定着したのは、景戒さんのずっと後です。「男もすなる日記(にき)といふものを」と、『土左日記』が出てきた。『竹取物語』や『源氏物語』が書かれた。そうしてだんだんスタンダードになっていったわけです。

景戒さんは、日本語的には、書けない人であった。その事実にあたしは度肝を抜かれ、もとの漢文を細かく見始めました。そしたら、なんと景戒さんの漢文もまた、ブロークンでした。むちゃくちゃ下手くそな漢文なんです。でも読めば読むほど、天皇と后の話がまったく呪術に見えてくる。不思議でしたね。

景戒さんの言葉が呪術だと気づいて、悩んだことがもう一つあります。天皇という存在です。

『日本霊異記』はほとんどの話に、「〇〇天皇のみ代」と出てきます。景戒さんの時代の人には、それがとても大事なことのようなんですね。それがどんなに大事なのかがまずわからなかった。

天皇の名前には、諡と諱があります。今、我々が昭和天皇とか明治天皇とか呼んでいるのは、諡です。これは亡くなった後に贈られる称号です。諱は実名のことで、雄略天皇なら大泊瀬稚武天皇、淳仁天皇なら大炊天皇、桓武天皇なら山部天皇です。景戒さんは天皇を諱で書いているんです。あたしたちにとってはぜんぜん聞き慣れない名前です。でも景戒さんがそう呼ぶと、なんだか親しい、そこらの人の噂してるような気がする。

あたしは翻訳を始めた当初、天皇の名前を全部とっちゃったんですよね。天皇のことは帝と書いて、時代を西暦で示していました。そのほうが、今のあたしたちが持ってる天皇観に邪魔されずにすっと読める。西暦のほうがすぐわかる。

でもここに書かれた言葉が呪術だとしたら、景戒さんという詩人と、それを命じる天皇との関係は、今の我々と天皇との関係とは全然違っただろうと思ったんです。それで、全部やり直しました。たとえば「蛇の愛欲の縁」だと、あたしは「大炊天皇（淳仁帝）」というふうにしました。つまんない、常識的な結論ですけどね、この作業だけで三ヶ月くらいかかっちゃいましたね。

百年後に生き残るのは誰だ！

『日本霊異記』の言葉が呪術であると気づいてからがたいへんだった。漢文に向き合うこと、向き合いつつ日本語のリズムをつくること。天皇の呼び方、天皇や世界に対する向き合い方、想像以上の苦労でしたね。翻訳を頼まれたときは簡単にできると思って、「やります！　最初から最後まで翻訳したっていいくらいです！」なんて豪語したんですけど、頭が爆発するかと思いました。

頭が爆発しそうになった順にお話ししますとね。まず白川静（しずか）先生です。漢文を調べていくとわからないことだらけでしたから、白川静の『字統』をカリフォルニアに持って行ったんです。本の密輸はいつもやってるんですけど、このときは本当にスーツケースが重たくなって。そして漢字ごとに『字統』を引いていくんですけど、白川静がまた格段に呪術なんですよ。白川静によると漢字はすべて呪術らしいですから、呪術に呪術が乗っかっちゃって。「もうわからないです！　この原稿、どうなんでしょう⁉」と叫ぶように、編集部に原稿を送りました。

すると校正刷り、俗に言うゲラが返ってきまして、また、爆発しそうになった。編集部の校正の方のチェックが、しつこい。細かい。いや、ありがたいことですから文句は言えないんですけど、いやぁ、しつこくて、細かくて、こっちは自信がなくなってますから、また、一から考え直して、資料読み直して……一生この作業で終わるんじゃないかと思いましたね。しまいには、町田康(こう)です。そうやって、ボロボロになりながらつくり上げた現代語訳です。出版を記念して、池澤夏樹さんと町田康さんとあたしが朗読する会があったんです。あたしはその前日くらいにやっと本を見たところだから、他の人の訳文見てなかった。つまり『宇(う)治(じ)拾遺(しゅうい)物語』は、まず、耳から、町田さんの声で入ってきた。腰が抜けましたね。「やっぱ瘤(こぶ)いこう、瘤」「マジじゃね?」とあり、いやぁ感動した。自分のまじめさ、馬鹿正直に逐語訳した自分が情けなくなった。といって町田さん、荒唐無稽な訳ではない。まじめにきちんと原文に沿っている。しかもそのときの会場が原宿で、若い人ばかりで、みんな町田康目当てで、町田さんの、抑えた読み方に若い人たちがバンバン反応していく。町田さんもそれにビシビシ応えていく。それを見ちゃったあたしは半年くらいショックが抜けなくて、しばらく「町田コロス!」って思ってました。町田康の『宇治拾遺物語』を読めたことは、あたしの長い文学生活で一、二を争う衝撃でした。

でも考えてみたら、『宇治拾遺物語』や『今昔物語』はアノニマスで、あたしがやった『日本霊異記』と『発心集(ほっしんしゅう)』には著者がいる。この違いは大きいです。景戒さんや鴨長明(かものちょうめい)さんに寄り添っていったら、ああいう翻訳になっちゃった。二人三脚。みんな、町田さんのばっかり読んでるみたいですけど、あたしのもじっくり読んでくださいね。百年後にも残るクラシカルな訳、をしたつもりですから。

簡明なリズム、奇妙なコメント

『日本霊異記』は、仏教説話のなかでいちばん古いものです。ここからいろんな仏教説話が出てきます。『往生伝』や『法華験記（ほっけげんき）』など、平安時代の初期から中期にかけての仏教説話は、『日本霊異記』が元ネタだったりします。その後、『今昔物語』や『宇治拾遺物語』が出てくる。あたしは読めるかぎりの仏教説話を読みましたが、時代を追うにつれて言葉が多くなるんです。枝葉末節もくわしく語られることになる。一たす一は二みたいに簡潔な『日本霊異記』にハマったあたしとしては、どれも、言葉が多すぎる。『宇治拾遺物語』なんて、こんなに描写しなくてもいいじゃないかというくらい、言葉が多い。

『日本霊異記』は漢文で書かれたせいか、とても言葉が少なくて、力強い、シンプルなリズムをもっています。ですから翻訳も、主語・述語、主語・述語、ときどき主語・目的語・述語、というくらい、文章を削ぎ落としてみました。あっけなく雑に見えるかもしれませんが、景戒さんの言葉やリズムに沿った結果です。漢文とも比べてみてください。

蛇の愛欲の縁

娘は桑の木に登って葉を摘んでいた。その木に大きな蛇が巻きついて登った。道を行く人がそれを見て娘に知らせた。娘は蛇を見て、驚いて、木から落ちた。蛇も落ちた。蛇は娘にからみついて、セックスした。娘は気を失って倒れた。

（中巻第四十一）

（伊藤訳）

女人大きなる蛇（へみ）に婚（くながひ）せられ、薬の力に頼りて、命を全くすること得し縁

（略）其（そ）の女子（をみな）、桑に登りて葉を揃（こ）きき。時に大きなる蛇（へみ）有り。登れる女の桑に纏（まつは）りて登る。路を往く人、見て嬢（をみな）に示す。嬢見て驚き落つ。蛇（へみ）も亦（また）副（そ）ひ堕（お）ち、纏りて婚（くながひ）し、慌（ほ）れ迷（まど）ひて臥しつ。

女人大蛇所レ婚頼二薬力一得レ全レ命縁

（略）其女子、登桑揃葉。時有大蛇。纏於登女之桑而登。往路之人、見示於嬢。嬢見驚落。蛇亦副堕、纏之以婚、慌迷而臥。

（原文）

女が蛇にレイプされる話です。この後に、景戒さんはコメントをつけています。これがむちゃくちゃなんですよ。ある母が息子のペニスを吸って、死ぬ間際にも吸って、生まれ変わって息子の妻になりました。ある足の速い息子が、死んで狐（きつね）になりました。譬（たと）え話はうまくやらないとね、って。

どの話でもそうなんです。先ほどの「邪婬の縁」だと、セックスで死んだ二人の話の後に、背骨の柔らかい男は自分の口でマスターベーションするものだなんて言ってる。それを読んだあたしたちは、なるほど！　なんて全然思わないですよね。

しかもこのコメントが、「経に説きたまへるが如し（経にこう書いてある）」とか「律（りち）に云（のたま）はく（律にこう書いてある）」とか、もったいぶって、すごく真剣な感じで、つけ加えられるんです。経や律は、当時の立法書、法律書、ルールブックみたいなものです。息子のペニスを吸ってはいけないとか、自分の口でペニスを吸ってはいけないとか、わざわざルールとして記さなければいけないくらい、古代の人は普通にやっていたことなんでしょうか。現代人としては悩んじゃうわけです。

長明さんも『発心集』で、同じようにコメントをつけています。ただ、長明さんは、景戒さんに比べるとまあ常識的な世界観を持ってるようです。母が娘をねたむ話をした後に、女は愚かだ、ねたむし、そねむし、罪深さを悔いる心を持ちなさいよ、なんて言う。ちっ、とか思う。わかりやすいですけど、つまらない。当たり前。世間の枠組みから外れられない人だったんじゃないか。文章はうまいんですけどね。

景戒さんは、背が低くて、なんだかキュートで、頭がよくて、セックスが好きで、好きだってことを平気で言える、いい男でした。そんな人が考えたことですから、奇妙なコメントにも何か目的があったはず……。

それで行きついたのが、仏教です。

日本文学と仏教

天皇に対する意識が違うように、仏教に対しても、昔の人と今の我々では意識が違います。

昔の人は、もっと真摯に仏教というものを考えていたはずです。

あたしは序の存在に気づきました。『日本霊異記』にも『発心集』にも序文がついています。『日本霊異記』なんて、上中下のそれぞれについています。序なんて大抵「私はろくでもない者ですが、ここで書きます。どうぞ読んでください」くらいのものですけど、景戒さんや長明さんは「私たちには仏教というものがありますよね。今、私たちは苦しいところにいますけど、なんとかして皆を助けてあげたいです」と、こんなことをくり返し書いているんです。この意識はおもしろい。仏教説話は、人を救おうとして書かれたんですね。

気がついたら、日本の文学はすべて仏教文学だったんです。西洋文学とキリスト教は切っても切り離せないと言われます。たとえば、スタインベックの『怒りの葡萄』。小説のつくりも、最後の場面のイメージも、聖書そのものです。日本の文学も同じなんです。文学と仏教的なものと一体にあるのがわかります。

仏教説話はもちろん仏教文学です。男と女のセックスしか書いていないような『源氏物語』だって、仏教文学です。『源氏物語』が書かれた平安時代の中期から末期といえば、浄土教が盛んになった時期です。『源氏物語』に出てくる横川の僧都のモデルは、同じ時期に成立の『往生要集』を書いた源信ですから。つまり『源氏物語』のバックグラウンドには、浄土教的な考えがある。念のために言っとくと、これは法然の浄土宗や親鸞の浄土真宗のことじゃなくて、その二つの宗派も含まれますけど、阿弥陀仏（あみだぶつ）を信仰して極楽浄土に往生することを願った、そういう仏教の一つの流れのことです。

そこから時代を下って、能には、お経がたびたび引用されて、仏教的な無常観が書かれている。『平家物語』もご存じのとおり、無常観に支えられた話です。「ゆく河の流れは絶えずして」の『方丈記（ほうじょうき）』も、「つれづれなるままに」の『徒然草（つれづれぐさ）』も、心おもむくままの仏教的な意識があります。

江戸時代の俳句までいくと、そろそろ仏教なんて消えていそうなものですが、そうではない。季語がある。四季の移り変わりは、まさに仏教的な無常観をあらわすのにうってつけです。

日本の四季感を詠（うた）ったものは、今の我々につながっています。

たとえば中原中也。「無題」の詩をのぞいて、中原中也の詩はしっかり春夏秋冬に分けられるんです。

それから、明治になって作られた小学唱歌。これも四季の歌ばっかり。ただこれは、富国強兵の、国家の統一のために作られた、政治的な側面がありますね。日本がどんどん北や南に領地を広げていくときに、日本という国は四季があってすばらしいと、日本観のスタンダードを作ろうとしているところがある。でもまた明治以降の新しい詩や歌を作ろうという動きのなかで出てきた、すばらしい言葉たちでした。小学唱歌の作詞は、歌人や学者たちが手がけました。あたしの大好きな「故郷(ふるさと)」や「朧月夜(おぼろづきよ)」は、国文学者の高野辰之(たつゆき)が書きました。昔から今に連なって、日本文学には、意識してるときもしてないときもありますが、仏教があるんです。

古典への手がかり

『発心集』のことをほとんど喋(しゃべ)ってないですね。ごめんなさい、長明さん！だって長明さん、超簡単なんですよ。寝ながらでもできるくらい、つるつると、翻訳できました。文章がほんとにスムーズに入ってきて、出て行った。気が合うのかもしれませんね。長明さんは、災害について書き始めるとものすごい。特に『方丈記』の第二段がすばらしい。これは「日本文学全集」シリーズで高橋源一郎さんが翻訳する予定です。『発心集』でも、入間川(いるまがわ)の大きな洪水について書いてるんですけど、この筆致のすごさといったらありません。災害文学の第一人者ですね。

高校生のときはつまんないなあと思いながら読まされていた長明さんですけど、あたしが、長明さんにふたたび出会ったのは、熊本に移り住んでからでした。熊本県の北のほう、有明(ありあけ)

海に面して、玉名という市がある。そこに補陀落渡海の碑があった。「ここから補陀落渡海ばした」と地元の人たちが言っていた。それでいろいろ調べてみたんですが、補陀落渡海っていうのは、仏教者が船を漕ぎ出して、観音菩薩のいる西方にある補陀落山へ向かった行為のことなんですね。窓のない小さな船で、海を渡る途中でかならず沈む、というか、沈むために出て行った、そういう仏道の修行なんですね。

それからまもなく『発心集』の「或る禅師、補陀落山に詣づる事　賀東上人の事」に出会った。そしてすごく心が惹かれました、このお話に。

長明さんはサラリーマン根性みたいなものが抜けないところがある。よくも悪くも、京都の貴族社会にどっぷり根を下ろして生きていた人だったような気がする。古代性が濃厚にあった景戒さんの、あるがままに生き死にする感じから遠く離れて、文化のなかで歌人が生きたり死んだりする。高校生のあたしにはちょっと退屈だったんです。

でも、長明さんほど文章の上手い人は、数百年に一人と思う。やっぱりね、上手いものはおもしろい。タイムマシーンに乗って、あの頃のあたしに教えてあげたいです、ほんとはおもしろいんだからもっと読み込んでごらんって。

『発心集』のなかに、あたしに古典への手がかりをくれた言葉があります。最後にそれを紹介しましょう。

母、娘をねたみ、手の指が蛇になる事

そして両手を差し出して見せますと、その親指が二本とも蛇になり、まっ赤な舌をひろひろと差し出しておりました。

（巻第五第三話）

（「発心集」伊藤比呂美訳『池澤夏樹＝個人編集　日本文学全集08』）

母、女（むすめ）を妬（ねた）み、手の指虵（くちなは）に成る事

（略）左・右の手をさし出でたるを見るに、大指二つながら虵（くちなは）になりて、目もめづらかに舌さし出でて、ひろひろとす。

（原文「発心集」『新潮日本古典集成　方丈記　発心集』新潮社）

「ひろひろ」にやられました。

セックスのことで悩み過ぎた女が自分の手を見てみると、両手の親指が蛇になって舌が動

いた。それを長明さんは「ひろひろ」と表現しました。

口に出して読みたくなりませんか？　「ひろひろ」と言ってみると、長明さんが筆で「ひろひろ」と書きつけた感じが伝わってきて、一瞬にして「わかった！」とあたしは思ったんです。

古典を読んでいると、たった一言が「わかった！」をもたらすことがあります。その一言を手がかりに、古典の言葉を探してください。すると古典がこちらに近づいてきて、自分の言葉がわかってきます。

あなたの「ひろひろ」が見つかりますように。

皆さん、景戒さん、長明さん、ありがとうございました！

質疑応答

【質問1】『日本霊異記』では「セックス」、『発心集』では「せっくす」「××」と訳されていますね。書き分けたのは意味がありますか？

ありまます。

『日本霊異記』で「セックス」と書いたのは、先ほどお話ししたとおり、景戒さんのセックスに対するニュートラルな姿勢に合わせたからです。「くながひ」や「くぼ」なんかだと、言葉としてはおもしろい。実際、それにすごく惹かれますけど、景戒さんの特徴の一つが、セックスをまっ正面から、ど真ん中剛速球って感じで、取り扱う。汚いの、陰だの、隠さなきゃだの、一切思ってない。そしたらまっ昼間でもはっきり口に出せる言葉がいいと思った。それで、ニュートラルな「セックス」です。

『発心集』の「せっくす」や「××」は、あたしの遊び心もありますけど、はっきり書けないということをあらわしました。この時代になると人々は、セックスを忌んだり隠したり、「もうセックスしません」みたいなのが善いことだと思っていましたから。

「××」は、先ほど紹介した「母、娘をねたみ、手の指が蛇になる事」に書きましたね。これはまさに、セックスの悩みを打ち明けられずに苦しむ女の話なんです。

女には、連れ子の娘と、若い夫がいました。自分はもうセックスがわずらわしくなったから隠居する、娘を後添いにしてほしいと夫に言います。夫と娘が新しく夫婦となって、三人は同じ家に住みます。しばらく円満に暮らしていたのだけど、女の元気がなくなってきました。どうしたのかと娘がたずねても、女は言わない。さらに聞き出すと、やっと女は語り出しました。

母、娘をねたみ、手の指が蛇になる事

「そうなの、もう何を隠したりするものか。つらくてつらくてたまらないの。今のこの状態はわたしが言い出したことなのよ。だから誰も恨むことなんかないのにね。でも夜中に、ふと目が覚めたとき、ああ一人で寝てるんだと思うとたまらなくなってしまうのよ。昼間あなたたちのようすをのぞきにいったことだってあるの。あなたたちが××するっていうこと、どうして考えなかったのかと言われればそれまでだけど、今だって、胸の中がざわざわしてどうしてもおさまらない。こんな苦しみを味わうなんて思ってもみなかった。誰のせいでもない、自分のせいよと思い返して、今まで我慢してきたけど、こんな深い罪になってあらわれてきたのよ。ほら、こんなにあさましいことになってしまったの」

（巻第五第三話）
（伊藤訳）

もし景戒さんだったら、「わたしはもうセックスしたくないけど、あなたたちがやってるのは見たいわ」とか、「わたしもやっぱり灰になるまでセックスしたいわ」とか、攻めたと思いますね。

あたしも、自分の詩やエッセイだったら、「××」なんて書きません。やっぱり、セックスはセックスと言いたいですから。

【質問2】伊藤さんは『読み解き「般若心経」』という本も書かれていますね。お経はいつ頃、ハマったんですか？

『日本ノ霊異（フシギ）ナ話』を書いたとき、登場人物のお坊さんに何かお経を言わせたくて、ネットでお経を調べたんです。それで見つけたのが懺悔文（さんげもん）というお経でした。

懺悔文は、どの宗派でも使っている短いお経です。仏様という大きなものを前にして、「私は昔からつづく悪い業を抱えています。とても小さくてつまらない人間です。今ここで、身を切り刻むように懺悔いたします。救ってください」と、虚心になって真理に向かい合うためのお経なんです。

このときも白川静先生を頼りに、漢字を一つ一つ調べました。そこで、「懺」が身を切り刻むという意味だと知って、驚いたんです。しっかりと手につかめる具体的なイメージが字の一つ一つに含まれている。お経の一つ一つの字もまた然り……。そこからお経にハマりました。

ただ、あたしは仏教の実践者ではないです。と言いつつ、『発心集』の「宝日（ほうにち）上人、和歌を詠じて行とする事」を心にとめています。宝日は、朝に和歌を詠い、昼に和歌を詠い、夜に和歌を詠い、それを行としています。修行にはいろんなものがあるという話です。

そうだとしたら、あたしはカリフォルニアの家で行をやっているんですよ。家から海に夕陽が沈んでいくのが見えるんです。夕陽ってね、最後に沈むとき、水平線に引っかかるんです。しばらく引っかかってから、すっと沈んでいく。それを見ていると、こんなに仏教的なものはないなと思います。

あたしはいろんな人の死に目を見てきたんですけど、本当の死に目を見たのは父だけです。最期のほう、父は荒い息をしていましてね。医学的には下顎呼吸というらしいですけど、一回、息をして、二回、息をして、三回目、いつもより大きくはあっと息をして、そして次が来ないんです。まったく同じように太陽が沈むんですよね。カリフォルニアで初めて日没を見たとき、父の死と同じだと思いました。

それから毎日、夕方になると日没を見に行きます。日没は毎日違うんです。空の色、雲の形、沈んでいく時間。これがあたしにとって仏教的な修行なのかなと思っています。

ほらね、生き様が『発心集』でしょう?

竹取物語

僕が書いたような物語

森見登美彦

［竹取物語］

平安初期の最古の仮名物語。作者、成立年未詳。成立は平安前期九世紀末頃から十世紀初めと考えられている。『源氏物語』には、「物語の出で来はじめの祖なる竹取の翁（おきな）」（「絵合（えあわせ）」）とあり、当時仮名の物語として読まれていた。

物語は、竹から生まれた〝かぐや姫〟が、五人の貴公子と帝の求婚を拒み、月から迎えに来た使者とともに月へ昇天するまでを描く。天人女房譚（たん）、求婚難題説話など多くの伝承説話の型を用いており、物語の傑作とされている。

順番がまわってきた

――まず森見さんから『竹取物語』の紹介をお願いします。

こんにちは、森見登美彦です。

『竹取物語』は平安時代初期の九世紀から十世紀に成立したと言われています。でも『竹取物語』の写本は室町時代初期、十四世紀のものしか残っていなくて、それも一部分だけです。それ以前のものにさかのぼることはできません。

『竹取物語』を読んでいると、ロマンティックな男性がいろいろ想像しながら書いたのかなという気がします。でも調べてみると、一人の作者がいきなり『竹取物語』を成立させたのではなくて、元になる昔話がいくつかあったようです。たとえば竹取の翁（おきな）は、『竹取物語』よりも前に、『万葉集』に登場しています。また『竹取物語』によく似たストーリーが『今昔物語』にあって、そこでは人物や小道具が少し変わっています。『今昔物語』にあるストーリーは、『竹取物語』の原形になった物語をもとにして書かれたんじゃないかと考えられているそうです。

もとになるお話が昔から伝わっており、それを平安時代になってどなたかが自分なりにおもしろく仕上げてやろうと思って書いてみた。それにまたいろいろな人が手を加えていく。そうやって現代に生きているのが『竹取物語』だろうと思います。

だから、最初に書いた人のことは絶対にわからないんです。当時は今みたいに著作権の感覚がまったくなかったと思いますし、誰が書いたのかということを当時の人はあまり問題にしていなかったのではないかなと思います。

そうやって時代が流れて現代に至り、私の手を加える番がまわってきたということでございます。

アホな男たちの勢い

――それでは、森見さんがどんなふうに『竹取物語』を現代語訳したか、原文と見比べてみましょう。

世界の男、あてなるも、賤しきも、いかでこのかぐや姫を得てしかな、見てしかなと、音に聞きめでて惑ふ。そのあたりの垣にも家の門にも、をる人だにたはやすく見るまじきものを、夜は安きいも寝ず、闇の夜にいでても、穴をくじり、垣間見、惑ひあへり。さる時よりなむ、「よばひ」とはいひける。

人の物ともせぬ所に惑ひ歩けども、何のしるしあるべくも見えず。家の人どもに物をだにいはむとて、いひかくれども、ことともせず。あたりを離れぬ君達、夜を明かし、日を暮らす、多かり。おろかなる人は、「用なき歩きは、よしなかりけり」とて来ずなりにけり。

その中に、なほいひけるは、色好みといはるるかぎり五人、思ひやむ時なく、夜昼来たりけり。その名ども、石作の皇子、くらもちの皇子、右大臣阿倍御主人、大納言大伴御行、中納言石上麿足、この人々なりけり。

（「竹取物語」『新編日本古典文学全集12』小学館　※以下、原文同）

噂を耳にした世の中の男たちは、身分の高い低いにかかわらず、なんとかしてこのかぐや姫を自分のものにしたい、妻にしたいと、心を乱したものだった。屋敷の使用人でさえ姫の姿をやすやすとは見られないというのに、屋敷のまわりの垣根やら門の脇やら、あらゆるところに男たちが忍んできた。彼らは夜もうかうかと眠らず、たとえ月のない闇夜であろうとも気にせずセッセと通ってきては、垣根をほじくって屋敷を覗こうとし、そこらを這いまわってうごうごするのだ。まったくあきれた騒ぎであって、このときから男が女に言い寄ることを「夜這い」、すなわち「よばい」と言うようになったのである。

その男たちは人が呆れるようなところにまで潜りこんだが、何の効き目もなさそうだった。屋敷で働く使用人たちに渡りをつけようとして声をかけてみるものの、けんもほろろで相手にしてくれない。こうして大勢の貴公子たちが屋敷のまわりをうろうろして夜を明かし、日がな一日をむなしく過ごした。そのうち、情熱の足りない人は、「あてもなく歩きまわるなんて意味ないよ」と呟いて来なくなった。

それでもなお食い下がっていたのは、色好みとして当代に名高い五人の男であった。彼らは決して挫けることなく、夜でも昼でも通ってきた。石作皇子・庫持皇子・右大臣阿倍御主人・大納言大伴御行・中納言石上麿足という面々である。

（「竹取物語」森見登美彦訳『池澤夏樹＝個人編集　日本文学全集03』※以下、森見訳）

——森見さん訳のエッセンスがたっぷり詰まっていますね。森見さんはどんなことを考えながら訳しましたか？

原文を読んで、かぐや姫にとりつかれて右往左往している男たちを、ひじょうに勢いのある文章で書いているなと思いました。なので僕も、この男たちのアホさを、原文の勢いを潰さないようにつないでいこうと思って訳しました。

勢いを大事にしたかったので、原文に出てくる言葉の順番を入れ換えたり、原文では長々と続いている文章を途中で切ったりして、文章のリズムを整えました。

それと、「〇」で場面を区切りました。原文ではそのような分け方はされていませんし、『新編日本古典文学全集』（小学館）や『新潮日本古典集成』（新潮社）などの現代語訳の区切り方とも違います。お話として盛り上がるところを区切って決めていくと、かっこよく印象が刻まれていくだろうと考えました。ブロック単位にすると、現代の小説みたいに読みやすいですよね。

あと、原文にない文章を入れたりもしています。「セッセと通ってきては」「そこらを這いまわってうごうごする」「まったくあきれた騒ぎであって」、これらは原文にないんです。原文にないものを補うことは、インチキじゃないけど、本当はあまりしたくないことではあるんです。だけど、文章が流れて気持ちのいいリズムにならないかと模索して、やむをえず入れさせていただきました。そうすることによって現代の読者に「臨場感」を味わってもらおうという考えもありました。全編にわたってあちこちにちょっとずつ、そういうことをやっています。

あとは意訳ですね。この場面では、かぐや姫の家の周囲に集まった男たちのなかで、情熱の足りない人が先に帰っていきます。原文の「用なき歩きは、よしなかりけり」をそのまま訳したら、「無駄に歩くのはつまらないことだよ」という感じですが、これだと言っている人の〝ふてくされ感〟があまり出ないかなと思いました。なので、少し正確ではないかもしれないけど、意味内容を大切にして、「あてもなく歩きまわるなんて意味ないよ」と僕は訳しました。

キャラクターを立てる

――男たちのなかで最後に残ったのが、五人の求婚者でした。森見さんの訳では、五人のキャラクター分けがはっきりしていて読み応えがあります。どんなふうにキャラクターを立てていきましたか？

全体の方針として、とにかく自分で原文を読んだときの感覚を大事にしました。最初からガチガチに「こういう人だ」と決めたわけではなくて、読んでいて「だいたいこんな人かな」と想定されるキャラクターを、訳しながらさらにデフォルメしていくんです。何度も書き直しましたね。

その人がどんな行動をとったか、かぐや姫やお爺（じい）さんとどんな言葉をキャッチボールしたか、それを見ながらだんだんその人らしい台詞（せりふ）をつかんでいきます。そのなかで「ここはこれくらいデフォルメしても大丈夫」とか「ここはやり過ぎかな」とか調整して、キャラクターの焦点を合わせていきました。

それと、五人の求婚者はおもしろい人たちなので、それぞれおたがいをどういうふうに思っているんだろうと考えるのも役立ちました。「金持ちだけど、何の役にも立たない奴（やつ）だ」とか「あいつ、存在感ないな」とか、きっと陰口を叩（たた）いていたんじゃないかなと想像すると、そこから膨らむものもありました。

――せっかくなので、森見さんから五人の求婚者を紹介してください。

最初に出てくるのが石作皇子ですね。偽物の「仏の御石(みいし)の鉢」をつくった方です。この人、すごい厄介だったんです。明らかに原作者はええかげんに書いているんですよ。全然キャラクターが立っておらず、やってることも他の人とかぶってる。庫持皇子と同じようなことを中途半端にやって、ちょろっと歌を詠んで去って行くだけです。これは僕がもっとも苦しんだところで、キャラクターをデフォルメしようにもどうしようもない。だからこれは全然工夫してないです。石作皇子のキャラが立ってないのは原作のせいですと言い訳しておきます。

二人目が庫持皇子。「蓬萊(ほうらい)の玉の枝」をこれまた贋作(がんさく)した方ですけど、この人のやってることや言っていることを見ていると、自信満々で策略家の金持ちのぼんぼんです。それなりに有能なところもあるから、きっと出世するでしょうね。そういう感じで、ちょっと現代的な人なのかなと思って訳しました。

三人目が右大臣阿倍御主人、「火鼠(ひねずみ)の皮衣(かわぎぬ)」を頼まれた人ですね。僕はこの人、嫌いじゃないです。万事が人任せで、何でもお金で解決できると思っている。これに悪気はないんですよ。のどかで気のいい人なんです。品物を届けてくれた人がいる方角に向かって「ありがたや」とお礼を言ったりして、ちょっとかわいい。他の求婚者たちから馬鹿にされることはあっても、嫌われはしない人ですね。

四人目の大納言大伴御行は、「龍(りゅう)の頸(くび)の玉」を求めて海に出ます。僕が嫌いな人ですね。

お金持ちで、自分を大した奴だと思っていて、部下のことをまったく考えない人です。読んでいて僕はこの人についていけないなと思っていたので、この人が嵐に遭って泣くところはひじょうに楽しかったです。そこをいかに情けなく書けるかでした。

最後の中納言石上麿足は「燕の持つ子安貝」を頼まれた方です。僕はこの人のことも悪く思えないです。燕の持つ子安貝をとろうとして死んじゃって、いくらなんでも可哀想ですよね。前もって入念に調査して、人の意見を聞いて知識を得ようとする。そのこと自体は悪いことではないけれども、ちょっと自分ではものを考えないような脇の甘いところがある。どうも親近感が湧きます。イメージとしては、中学や高校のときにいた、ちょっと思いこみの激しい優等生。クラス皆で学園祭の準備をしていて、皆がだらけてしまったときなんかに、急に「僕がやるよっ！」ってヒステリックに言い出すみたいな、そんな勝手なイメージです。

とても大昔の話とは思えないくらい、原作が細かく人物設定をつくっているのを感じました。そういう意味では、現代語訳はやりやすかったです。やっぱり問題は最初の石作皇子だけです。なんでなんですかね。四人つくったら飽きてきたんでしょうか。

帝（みかど）による変調

――もう一人の求婚者、帝はどうですか？

難しかったです。

五人の求婚者については、もともと書いてはった人も好き勝手に、いかにおもしろおかしく書くかということでやってはるんですが、帝についてはかなり遠慮しておられます。帝は個人のキャラクターというより、世の中の摂理の代表みたいなところが感じられて、半分は人間でないような書き方をされているんです。それを現代語に置き換えるときに、あまり茶化しても変だし、敬語の扱いも苦労するし、どうもあまりうまくいかなかった気がしますね。

帝が出てくるあたりから、かぐや姫の調子も変わってくるんですよ。それまでは高嶺（たかね）の花で気ままにふるまっていたのに、帝に対しては背筋がぴんと伸びてしまって、弱いところを見せなくなる。翁や五人の求婚者とのやりとりはこっちも楽しく生き生きと訳せたんですけど、帝の場面は苦労しました。

それに比べると翁は単純でよかったです。とにかくかぐや姫が可愛くてしかたないという軸がはっきりしてます。帝と違って、思うまま生き生きと台詞を言わせることができました。

人物の気持ちと臨場感

――人物のキャラクター立てによって、ぐいぐいと最後まで引っ張って読ませてくれる『竹取物語』になりました。なかでも森見さんが気に入っている場面をおしえてください。

大納言大伴御行がひどい目に遭っている場面ですね。部下を連れて海にくり出したものの、嵐に遭ってしまうところです。

いかがしけむ、疾き風吹きて、世界暗がりて、船を吹きもて歩く。いづれの方とも知らず、船を海中にまかり入りぬべく吹き廻して、浪は船にうちかけつつ巻き入れ、雷は落ちかかるやうにひらめきかかるに、大納言心惑ひて、「まだ、かかるわびしき目、見ず。いかならむとするぞ」とのたまふ。

楫取答へて申す、「ここら船に乗りてまかり歩くに、まだかかるわびしき目を見ず。

御船海の底に入らずは、雷落ちかかりぬべし。もし、幸に神の助けあらば、南海に吹かれおはしぬべし。うたてある主の御許に仕うまつりて、すずろなる死にをすべかめるかな」と、楫取泣く。

大納言、これを聞きて、のたまはく、「船に乗りては、楫取の申すことをこそ高き山と頼め、など、かくたのもしげなく申すぞ」と、青へとをつきてのたまふ。楫取答へて申す、「神ならねば、何わざをか仕うまつらむ。風吹き、浪激しけれども、雷さへ頂に落ちかかるやうなるは、龍を殺さむと求めたまへばあるなり。疾風も、龍の吹かするなり。はや、神に祈りたまへ」といふ。

大納言「よきことなり」とて、「楫取の御神聞しめせ。をぢなく、心幼く、龍を殺さむと思ひけり。今より後は、毛の一筋をだに動かしたてまつらじ」と、よごとをはなちて、立ち、居、泣く泣く呼ばひたまふこと、千度ばかり申したまふ験にやあらむ、やうやう雷鳴りやみぬ。

（原文）

ところがどうしたことであろう、疾風が海上を吹き渡ると、一天にわかにかき曇り、船は暴風に吹きまくられ始めた。猛烈な風が船をもみくちゃに吹きまわして方角も分からない。次々とうちかかる大浪が船を海中へ引きずりこもうとし、頭上にひらめく雷は今にも落ちてきそうであった。こうなると大納言はすっかり取り乱して、「こんなひどい目にあうのは生まれて初めて。これから俺はどうなるの」と喚く。

「長い間船に乗ってあちこち航海したものだが、こんなに苦しい目にあったことはないです」と船頭は言った。「たとえ沈没しないにしても、いずれ雷が落ちて木っ端微塵。万が一神様のお助けがあったところで、遠い南の海へ流されちまうでしょうよ。嗚呼、しょうもない主人にお仕えしたばかりに、しょうもない死に方をする！」

そうして泣き出す船頭に対して、大納言は船板に青反吐を吐きつつ言う。

「船に乗るとなれば、船頭の言うことを立派な山を見上げるように頼みにするものなんだぞ。それなのに、おまえがそんな頼りないことでどうするの」

「こちとら神様でもなんでもないので、こうなっては何もしてさしあげられませんや」と船頭は答えた。「暴風に大浪ときて、そのうえ雷まで落ちてきそうなのは、あなた様が龍を殺そうなんてトンデモナイことを求めたからだ。この疾風も龍が吹かせているに決まってる。さあ、はやく神様に祈って、許しを乞うてください！」

大納言は「祈るよ祈るよ」と仰り、誓願の言葉を唱えるのだった。

「船乗りの神様よ、お聞きください。私は畏れ多くも龍を殺してやろうなどと思いました。なんと私は愚か者で幼稚であったことか！　お約束いたします、今後は龍の毛一筋だに動かしたてまつることはありません！」

　そうして立ったり座ったり、涙ながらに神様に呼びかけること千度ばかり、その願いが聞き届けられたのであろうか、ようやくのことで雷鳴がおさまった。

（森見訳）


——おもしろいですね。「嗚呼、しょうもない主人にお仕えしたばかりに、しょうもない死に方をする！」、ここが特に森見さんらしい訳です。

『新編日本古典文学全集12』（小学館）では、全然違った現代語訳がされています。「情けない主人のおそばにお仕え申しあげて、不本意な死に方をしなければならぬようですよ」。これでは臨場感がないですよね。アホな主人のせいで今にも死にそうな目に遭ってるのに、わりと冷静に語ってます。学問的には正確な訳なんですが、船頭の気持ちを考えてみると、僕のような訳になってしまう。

　この場面のように、二人の登場人物が言い合っている状況は、おたがいのキャラクターを膨らませやすいです。やっぱり大納言大伴御行はひどいキャラクターなんですよね。自分ばかり偉くて、人のことなんて考えてない。いざ海に出てみると、もみくちゃにされて化けの皮が剝がれるわけです。ここで大納言と船頭の立場が逆転します。大納言は船頭だけが頼みなのに、船頭は大納言のことなんて知ったこっちゃない。この二人の対比がわかりやすい場面なので、生き生きした現代語訳ができたと思います。

僕の現代語訳で「祈るよ祈るよ」としたところもそうです。原文は「よきことなり」、直訳すれば「それはよいことだ」ですね。でも嵐のなかですよ。「よきことなり」なんて悠長に言ってる場合じゃないですよね。「あなたは何もできないんだから、せめて祈るくらいしてくださいよ！」なんて船頭から言われて、大納言としては「ああもう！　わかったわかった！」という感じでしょう。いかにも情けなく、夢中になって祈りはじめる感じを出したくて、「よきことなり」を「祈るよ祈るよ」と訳しました。

船頭の性格はかなりいじっています。「流されちまうでしょうよ」とか「何もしてさしあげられませんや」とか、変な訛(なま)りみたいなものを入れたんです。船頭のヤケッパチな感じが出ればいいなあと思いました。辞書的には正確な訳とは言えないですけど、そこらへんは好きにやらせてもらいました。

あと、原作者はこの海の場面に妙なリアリティを入れていますね。船に水がかぶってくる描写とか、大納言が青反吐を吐いているとか、いかにも嵐に揉(も)まれて大変だという感覚が現代語訳にも出るように努力しました。

現代語訳ワークショップ

——さて、ここで皆さんに問題です！

○　自由に訳してみましょう。

唐土にある火鼠の皮衣（かわぎぬ）だとされる立派な衣装を見た、阿倍御主人の台詞です。

原文：「うべ、かぐや姫好（この）もしがりたまふにこそありけれ」

せっかくなので、僕の現代語訳は見ないでくださいね。学校のテストじゃないので、自由にフィーリングで考えてみてください。正解はありませんから。

阿倍御主人の台詞です。かぐや姫から火鼠の皮衣を持ってくるように言われて、それを中国に渡る人にお願いしたところ、しばらくして品物が届きました。それを見て感激した阿倍御主人が独り言のように言った台詞です。さて、何と訳しましょう?
ちなみに、阿倍御主人は素直な金持ちのぼんぼんなので、これがまさか偽物だなんて疑っておらず、本物と思い込んでいます。こんな美しい品物を欲しがるなんてさすがかぐや姫だ、という気持ちもあるわけです。

――それでは、会場から答えを集めてみましょう。

答1「うほう!　かぐや姫様もきっと気に入るに違いないぞ」
答2「うぇい!　きっとかぐや姫がお好みになること間違いなしだろうな」
答3「よしよし、これならかぐや姫も好きにならずにいられまい」
答4「ああ、かぐや姫が欲しがられるだけのことはあるな」
答5「よっしゃ!　かぐや姫も超絶お気にになるのでは」

答6 「ひゃあ、コレ絶対かぐや姫も好きだよ」

皆さんが「うべ」に対していろんな解釈をしたのがわかりますね。いろんな「うべ」がそろいました。

――模範解答として、森見さんの現代語訳を見てみましょう。

森見訳「ははーん。さすが、かぐや姫が欲しがられるだけのことはあるなあ」

辞書的には、「うべ」は「なるほど」という意味らしいです。それを知らないと難しかったかもしれないですね。現代語訳するときに「なるほど」と訳すのもさびしいので、僕は阿倍御主人だったらどう言うかを考えて、「ははーん」にしました。

原作のムラっ気

――森見さんは古典文学の翻訳が初めてだったそうですが、やってみていかがでしたか？

古典はそもそも現代の小説とは違うものなので、古文で書いてある文章を逐一そのまま現代語に訳しても、うまく流れがつながらなかったり、リズムが出にくかったりする。同じ日本語なんだけど、現代の我々が読みやすいと感じるリズムとはズレがありますね。それがすごく難しいと思ったところです。

今、僕のような小説家が小説を書く場合、原稿をチェックする編集者の方がいろいろ突っ込んでくれます。「ここは書き足りないんじゃないですか」とか「ここの意味がわからないです」とか、「石作皇子のキャラクターが立ってないですよね」とか。そのツッコミのおかげで調整がされます。

『竹取物語』を読んでみると、そのツッコミがありません。原作者がノリノリで書いているところと、フツウに書き流しているところと、バラバラなんですよ。

かぐや姫の家の周りに集まった男たちの場面や、水難事故の場面は、ひじょうに力が入っている。庫持皇子が島まで旅をしたと嘘(うそ)を語る場面なんてもう、『アラビアンナイト』みたいに凝ったファンタスティックな話として書き込まれています。ところが、石作皇子についてはなまけきってるし、あとはだいたいフツウに流しています。

ノリノリとフツウがとびとびに出てきて、全体的な調整があまりされていません。原作者の気の赴くままに書かれたんでしょうね。そこが現代語訳にしたときにチグハグになってくるので、できるだけ現代の小説みたいに流れよくおもしろいものにしたいと努力しました。ただ、『竹取物語』はなんでこんなにシャレにこだわるのか。わからないですね。毎回シャレで落とさなければならないという、強迫観念にかられているみたいです。しかもシャレを現代語訳しても、誰もおもしろいと思わへんやろうし、こっちも頭を悩ませて苦しまぎれに訳しているんですけど、意味のない努力みたいでつらいところがありましたね。

新定型ポエム

困ったのは、和歌です。かぐや姫と求婚者たちが交わす和歌がいろいろ出てきます。でも僕自身は和歌が苦手なところがありまして、しかも文字どおり現代語訳してもおもしろくないと思ってしまったんです。なので、若い男女の恋のポエムみたいな、ラブレターに添えるポエムみたいなかたちで書いてみました。

ポエムにかぐや姫と求婚者たちの性格や立場が反映されるように工夫しました。もう一つの工夫は、ポエムの法則をつくったことです。和歌もポエムも詩なので、定型やルールがあったほうが書きやすい。僕は和歌をすべて三行に訳して、一行ごとに長くなっていくというルールを決めました。これは完全に我流です。逆に言うと、それくらいしか目安がなかったんですよね。

僕は和歌自体が苦手なので、内容を訳すのも難しかったんですけど、これも五人の求婚者たちのキャラクターに助けられましたね。それぞれの性格から和歌を解釈していきました。自分で気に入っているのは、阿倍御主人のポエムです。

かぎりなき思ひに焼けぬ皮衣(かはごろも)袂(たもと)かわきて今日(けふ)こそは着(き)め

僕の身を焦がすアツアツの恋心にも
この火鼠の皮衣は焼けたりなんかしないのさ
君と結ばれる今日は袂を涙で濡らすこともないしね

（森見訳）

これは完全に阿倍御主人のキャラクターあっての訳です。気のいい金持ちのぼんぼんという感じですよね。

『竹取物語』の訳を引き受けたときに、とにかく心配したのが和歌だったんですけど、なんとかなってよかった。『堤中納言物語』を訳した中島京子さんの和歌がすごくて、五七五七七の原文を、五七五七七で現代語訳している。そんなことができたらよかったんですけど、僕はポエムに逃げたんです。このやり方が僕にはいちばん合っていたと思います。

竹と一人の男

――『竹取物語』を訳してもらうには、森見さんしか考えられませんでした。竹と森見さんには深い関係がありますよね？

この話をいただいたとき、もうやらざるをえないと思いました。

僕は竹林がなんとなく好きで、『美女と竹林』というエッセイまで書いているくらいです。子どものときから竹が好きでした。家の近所に竹林があって、そこでよく遊んでいたんです。竹林って、どこか別の世界につながっていそうな佇まいをしてるでしょう。それに惹かれたんですよね。

大学に入って、文化人類学演習という授業がありまして、僕は実家の傍にある、茶筅をつくっている里にお邪魔しました。茶筅師さんたちに「いい竹って何ですか」とわざわざ話を訊きに行って、レポートにまとめたんです。それから大学院に進んで研究室に入ったんですけど、そこでも竹です。竹の中で働いている酵素を調べたりしました。そこで竹を何本か分解させていただいたりしましたが、でもこれが、おもしろくなくてですね。僕が好きなのは竹林であって、竹の分析が好きなわけじゃないと気づきました。

その後、縁あって、京都の知り合いの方から、竹林の手入れをまかせてもらえることになりました。嬉しかったですね。竹を伐って、竹林をきれいにしていく日々でした。その過程を書いたのが『美女と竹林』です。

『美女と竹林』というタイトル、この美女はやはりかぐや姫をイメージしていました。それに僕がデビューしてから今まで書いてきた小説には、片思いをして右往左往するアホな男たちが多かったです。『竹取物語』から千年の時がたっているとは思えないほど同じですね。

無類の竹好き、男のアホさを書く作家。そんな僕が『竹取物語』の現代語訳を依頼されたんだから、もちろんお引き受けしました。

訳してみて、『竹取物語』には本当に僕の好きなものが出てくると思いました。ユーモアと悲恋ですね。五人の求婚者も失恋するし、帝も失恋する。わけへだてなく、皆が悲恋に終わります。

映画の『ローマの休日』そっくりだと思ったりもしました。うちの父親が好きで、家でよく見てたんです。オードリー・ヘプバーン扮するお姫様が身分を偽って街に出て、グレゴリー・ペックと恋に落ちる。でも二人は別れてしまう。ヘプバーンは最後にペックと抱き合って、宮殿へと帰っていきますよね。その場面がくると父親がかならず「悲恋やナア」と言ってたんです。何回も見てるくせに、かならず「悲恋やナア」って言うんですよ。

宮殿に帰ったヘプバーンは、急に背筋をぴんと伸ばして、お姫様に戻るんです。周りの人たちが子ども扱いすると、ぴしゃりと大人のふるまいで返したりする。そのへんも、かぐや姫に似てますよね。そんな昔のことを思い出しながら訳しました。

『竹取物語』はまるで僕が書いたような物語でした。

質疑応答

【質問1】誰がなぜ『竹取物語』を書いたと想像しますか。

どう考えても男の人が書いていますね。たぶん失恋したんでしょう。あとやっぱり、この人は竹が好きですね。

ロマンティックな話ですよね。月と竹林を結びつけるのは、すごい妄想家だなと思います。夜の月明かりに竹がぴかっと光って、目を向けると竹林の奥のほうに暗がりがある。その奥はどこか異世界に通じてるんちゃうかなと妄想したんでしょう。

あと、海の外に出ていくことへの憧れが強い人だと思います。『竹取物語』には海がものすごく出てくるんです。蓬萊（ほうらい）の玉の枝の話も、龍（りゅう）の頸（くび）の玉の話も、火鼠（ひねずみ）の皮衣（かわぎぬ）を取り寄せるのも、中国やインドのほうです。実際に船に乗って、嵐に遭ったこともあり、青反吐（あおへど）を吐いたこともある人なのでしょう。

【質問2】森見さんの現代語訳は、「セッセと」「トンデモナイ」などカタカナをよくもちいています。なぜですか？

ユーモラスな感じを出したくて、ときどき使いたくなってしまいます。カタカナを使うことで文章の関節を外したいんです。

【質問3】石作皇子が「鉢を捨てる」ことが「恥を捨てる」の語源なのだというように、お話ごとにシャレでオチがつけられます。こういうシャレは古典ではよくあるのでしょうか？

昔の人は和歌でも掛詞（かけことば）なんかが好きですよね。『竹取物語』はひじょうにシャレにこだわっています。シャレを使って語源を説明しているわけですが、いかにも「このお話は権威があって物事の由来を説明してるんだよ」という体裁をつけたいという考えがあったように思います。昔の人にとってはそういう形がリアリティを感じさせたのかもしれないですね。

【質問4】参考にした『竹取物語』の現代語訳はありますか？

『竹取物語』はいろんな方が訳していますね。
星新一（しんいち）さんや北杜夫（もりお）さんは、あまり注釈を使わずに、現代の人にはわかりにくいことを、地の文のなかで自由に説明できるようなかたちをとっています。
僕の好みとしては川端康成（やすなり）の訳です。原文にないことを補わずに、現代文として最大限の読みやすさと格調を保っています。
僕は川端康成風にしたわけじゃないんですけど、あまり地の文にしゃしゃり出て説明するのではなく、原文にないことはできるだけ補わないつもりで始めました。古典を現代語訳することも初めてだったので、それを自分の縛りにしようと決めたんです。やっていくなかで変わっていきましたけどね。

【質問5】かぐや姫みたいな女をどう思いますか。

お話として読んだり書いたりする分にはおもしろいですけど、実際にお付き合いするとなると、どうでしょうか。僕には無理そうですね。

【質問6】僕がいちばん好きな台詞が、翁から早く結婚しろと言われたかぐや姫が、「なんでふ、さることかしはべらむ（でも私、なぜそんなことをするのか分かりません：森見訳）」と言うところです。男尊女卑の風潮が強かった平安時代では、女性は結婚するのが当たり前だったのに、それに逆らったかぐや姫が僕は可愛いと思うんです。森見さんは実際に関わるのは大変とおっしゃったんですけど、逆に可愛いと思うところはありませんか？

いいところを突きますね。

僕は、かぐや姫が冷たいことを言うところが可愛いと思ってしまうんです。五人の求婚者に無理な要求して、お爺（じい）さんがすごく困りますよね。「こんな無理難題をどうやって皆さんに申し上げたものだろ」とお爺さんが困っていたら、「何が難しいものですか」と言う。この素っ気ないやりとり。こういうところにグッときます。

他にも、感情が漏れてしまって可愛いところもあります。庫持皇子（くらもちのみこ）が蓬萊（ほうらい）の玉の枝を職人たちにつくらせたことがばれちゃった。そこでかぐや姫がものすごく嬉しそうになるんです。晴れやかに笑いながら、「あらあら、本物の蓬萊の玉の枝かしらと思いましたのに……」という、この厭(いや)な感じ。急に余裕が出て厭みを言う。これを可愛いというのも変ですけど、僕は心惹かれるところです。

【質問7】天皇が失恋した話を書くなんて、ちょっと不敬な感じがするんですけど、どう思いますか？

当時は天皇の恋愛を普通に書いてますね。『源氏物語』なんてもっとアグレッシブですからね。

ただ、『竹取物語』は平安時代くらいに書かれたんですけど、登場人物は奈良時代の人とかを流用しています。リアリティのある人物だけど、あまり身近になり過ぎないように考えられていたわけです。それと、この物語は昔から伝えられてきた信憑性(しんぴょうせい)がある話なんだよ、と言いたいわけです。そういう原作者の工夫がおもしろい。

【質問8】かぐや姫はなぜ月に帰らなければいけないと思いますか？　あと、なんであんなにツンデレなんでしょうか？

デレてますかね？　ほぼツンですよ。

でも、帝にちょっと甘い顔をしますね。それが僕としてはちょっと「もったいない」と思うところです。なんで帝だけは、かぐや姫のほうも憎からず思っている演出が必要なんでしょう？　五人の求婚者にはあんなにひどいことを言うのに、帝が来たら揺れ動くのかと、ちょっと寂しい気がしましたね。しかし『竹取物語』では、帝はあくまで普通の人間とは別次元の存在として扱われているから、しょうがないのかもしれない。

なぜ月に帰るのかについてですが。かぐや姫は我々の生きている地上のルールを壊すためにやって来るみたいなイメージです。当時の人たちにとって、男女が結婚することは世の中の根本に関わることで、結婚してこそ家が栄えるみたいなことをお爺さんも言いますね。とりわけ「帝が誰と結婚するか」なんて大問題やったと思います。ところが、かぐや姫は世の中のルールを下のほうから破っていって、最後は帝さえも拒否して、地上というものを全部拒否して帰っていく。『竹取物語』はそういうお話だと思います。だからかぐや姫はツンなんです。地球に対してツンなんですよ。

【質問9】　かぐや姫が地球に来た理由は何だと思いますか。

僕は輪廻転生（りんねてんしょう）を信じてるわけではないですけど、輪廻転生を例にしますね。

今生きている自分は消えるんだけど、自分がやった行為が奥深くに保たれて、次の人生に受け渡される。そうやって人の生はぐるぐる回ってるという考え方です。それは生きている本人が意識できるものではないんです。お釈迦（しゃか）様はその輪廻をぐるぐるしているのがしんどいから、その輪から出るために悟りを開いて解脱しようとした。

感覚的には、『竹取物語』を書いた人もそういうイメージが裏側にあったんだと思います。かぐや姫も何らかの業みたいなものを背負っているんだけれども、それはかぐや姫本人には意識できないこと。そういうふうに僕は考えました。よく言われることで、かぐや姫は月で悪事をしでかしたお仕置きとして地球に来たという発想もあるんだけど、そんな単純なことではないだろうと思います。

だから、月に暮らしていたかぐや姫と、お爺さんに育てられているかぐや姫は、別の人なんです。輪廻的な意味では同じ存在だけど、人格として連続性がないんです。かぐや姫自身も意識できない深いところで引きずっていた「業」のようなものがあって、その何かが地球で解消されたので、月に帰っていいということになった。『竹取物語』はそういうイメージを下敷きにして書かれたお話だと思います。かぐや姫の「業」がどんなものであったかということは、我々の世界を超えたところの話なので、我々には絶対に理解できない、理解できなくていい、そういうふうに思います。

【質問10】 かぐや姫が地球で学んだことは何だと思いますか。

先ほどお話ししたことを踏まえて考えれば、特にないんじゃないですかね。かぐや姫本人にも、お爺さんにも、我々地上にいる人間にも、わからないシステムがある。そのシステムがずっとタイマーを数えていたわけです。そのシステムにとって、かぐや姫が地球にいるべき期間が終わったところで、「かぐや姫よ、月に帰ってきなさい」と言われる。だから、かぐや姫が成長したから月に帰るということではないです。そういう合理的な説明はこの世の側の説明であって、そういうものをすべて打ち破ってこそのかぐや姫です。
我々の知らないシステムがかぐや姫を地上によこし、そしてまた月に呼び戻す。ただそういうことが起こった。我々にはその理由が決してわからない、ということが大事だと思います。

宇治拾遺物語

みんなで訳そう宇治拾遺

町田康

［宇治拾遺物語］

　鎌倉時代初期の十三世紀初頭に成立したとされる、世俗説話、仏教説話などの長短篇百九十七話を収めた説話集。作者不詳。中世初期当時の口語を含む和文で書かれ、天皇、貴族から僧侶、武士、盗賊、庶民に至るまで幅広い階級の人間が登場し、成功談、失敗談、奇妙な話や笑い話といった多彩な話題が、ユーモア溢（あふ）れる人間描写を中心に描かれる。日本にかぎらず、中国、インドなど異国を舞台とした話や、「鬼に瘤（こぶ）取らるる事」（こぶとり爺（じい）さん）、「雀（すずめ）報恩の事」（舌切り雀）、「長谷寺参籠の男、利生にあづかる事」（わらしべ長者）のように昔話のもととなったり、「鼻長き僧の事」（「鼻」）、「利仁（としひと）、芋粥（いもかゆ）の事」（「芋粥」）など芥川龍之介の短篇（たんぺん）のもととなった話が収録されている。

人と会えるような嬉しさ

今日のタイトルを考えました。「みんなで訳そう宇治拾遺（うじしゅうい）」。コツを覚えれば、誰でも『宇治拾遺物語』の翻訳ができるようになります。皆さん、覚えて帰ってください。

この前、NHK文化センター青山教室で話したんですけど、話の内容はまったく同じです。そのときにいらしていた方がそこにいらっしゃいますね。あなた、まったく同じ話を二回聞くことになりますよ。頑張ってください。

それではまず、『宇治拾遺物語』がどんな話か、説明します。ええと、ネット上にある「日本大百科全書（ニッポニカ）」からコピペしてきたやつを読みますよ。

「鎌倉初期の説話集。作者不詳。一二二一年ごろ成立か。序文によれば、書名は『宇治大納言（うじだいなごん）物語』の続編（拾遺編）の意とも、編著にかかわる侍従（じじゅう）（唐名拾遺）という官職にちなむものともいわれている」。「中国、インドなど異国を舞台とした話や、『こぶ取り爺（じじい）』『わらしべ長者』などの昔話に通じる民話風の話もみられ、他の説話集と比べて、素材や内容の面で広がりは著しく、そこには作者の人間や社会に対する自由で柔軟な思考や感覚といったものをうかがうことができる」。「八十余の共通話をもつ『今昔（こんじゃく）物語集』（成立不詳）とは直接の書承関係は認められない」と、浅見和彦さんという方が書いておられます。わかりましたね。こういう話です。

なんかね、私、嬉（うれ）しい気持ちなんですね。毎日ひとりで家にこもって仕事をしているもので、そうすると、このまま誰にも会わんと死んでしまうんじゃないかという気持ちになるんです。まあ、本を出したりしてますから、誰か読んでくれてんねんやろうなとは思いますけど、直接話をするわけじゃないし、ひじょうに淋（さび）しい気持ちで、孤独っていうんですかね。これが老後というものか、とひしひしと感じてるんです。前はそうでもなかったんですけど、今はこうして話をすることが嬉しいんですよね。

でも考えてみたら、古典を読んだり現代語に訳してみるのも、人と会えるような嬉しさがあるんですよね。昔誰かがした話を読んで、そのときの人の気持ちを想像して。昔の人間はとうに死んでるわけですけど、その人の気持ちを今感じることができるのが嬉しいんですね。そういう嬉しさを感じるから、古典を読んだり訳したりするのかなと思うんです。

一つありがたいことは、これって、日本語で読み書きができるおかげですよね。どこかの時点で、今日から国語は英語にしましょうとか、明日からフランス語しか喋（しゃべ）っちゃいけませんとかになってたら、私はこれを読めないわけです。もちろんいくつかの断絶があって読めない部分もあるんですけど、ずっと日本語でこられたことはよかったなと思うんです。とはいうものの『宇治拾遺物語』、ちょっと読んでわかるものじゃないし、いきなりゲラゲラ笑えるものでもない。いうても昔の文章ですから、今と違う表現がたくさんあるし、今と同じ言葉をまったく違う意味で使っていたりもする。じゃあどうしたらいいかといったら、こういう便利な本が出ていましてね。小学館の『新編日本古典文学全集50　宇治拾遺物語』。原文も現代語訳も注釈も載っていて、ひじょうに便利な本です。

ただ、問題が一つある。『新編日本古典文学全集』の現代語訳、あんまおもろないんですよね。正確な訳なんでしょうけど、おもろない。なんでおもろないんやろ。本を開けたらいきなり「古典への招待」とありましてね。ああ、招待してくれるんや、ありがたいなと思って読んだんですよ。そこに「説話集の読み方」って書いてあります。

『新古今和歌集』の「三夕の歌」といえば、たいていの人は高校の国語教科書に次の三首が載っていたことを思い出されるであろう。

寂しさはその色としもなかりけり槙立つ山の秋の夕暮　寂蓮法師
心なき身にもあはれは知られけり鴫立つ沢の秋の夕暮　西行法師

見わたせば花も紅葉(もみじ)もなかりけり浦の苫屋(とまや)の秋の夕暮　藤原定家朝臣(ふじわらのていか)

（『新編日本古典文学全集50　宇治拾遺物語』小学館）

まじで⁉　思い出されない！　つか、知らん‼　こんな和歌がすらすら出てくる人はそんなにいないでしょう。少なくとも私は出てこなかった。私は入口でつまずいたわけです。『新編日本古典文学全集』はすごく役に立つ本ですけど、私は別の方法を考えないといけなかったわけです。その方法をお話ししていきますね。現代語訳実践編として、三つほどコツをお話しします。

……ん、私の声、まともに聞こえてます？　音が割れてますよね？　さっきからだんだんスピーカーが潰れていってません？　私ね、マイク握って三十五年なんでね。音についてはちょっとわかってるんですよ。（別のマイクに取り替えて）だいぶマシになりましたね。じゃあ、始めましょう。

コツ1　直訳

翻訳です。いちばん当たり前のやり方は、直訳ですね。もとの文に書いてある意味を、そのまま今の言葉に書き直す。まず原文を読んでみましょう。

範久阿闍梨、西方を後ろにせぬ事

これも今は昔、範久阿闍梨といふ僧ありけり。山の楞厳院に住みけり。ひとへに極楽を願ふ。行住坐臥西方を後ろにせず。唾をはき、大小便西に向はず。入日を背中に負はず。西坂より山へ登る時は、身をそばだてて歩む。常に曰く、「うゑ木の倒るる事、必ず傾く方にあり。心を西方にかけんに、なんぞ志を遂げざらん。臨終正念疑はず」となんいひける。往生伝に入りたりとか。

（※以下原文同右、第七十三話）

これ、意味わかります？　あんまりわからないですよね。部分的にところどころわかるけど。「曰く」くらいは今の文章でも使いますから、「常に曰く」が「いつも言っていた」というのはわかるとして、ちゃんと全部はわからないですよね。

じゃあ、『新編日本古典文学全集』の現代語訳を読んでみましょう。最後の台詞の部分です。

「樹木が倒れる時は、必ず傾いている方へ倒れる。心を西方浄土にかけていれば、どうして極楽往生の望みを遂げないはずがあろう。臨終正念（りんじゅうしょうねん）は疑わない」と言っていた。

うう、なんのこっちゃい。「臨終正念疑はず」は注釈がついていまして、「死ぬときには、心に迷いなく、往生極楽を疑わないこと」とあるんですけど、これだけじゃちょっとわかりにくいですよね。私が翻訳したものを読んでみます。

範久阿闍梨は西に背を向けなかった

けっこう前。範久阿闍梨というお坊さんがいた。範久阿闍梨は比叡山延暦寺（ひえいざんえんりゃくじ）の楞厳院（りょうごんいん）に住んでいた。ただただ、西方極楽浄土に往生することを願い、どんなときでも、西に背を向けなかった。また、西に向かって大小便をせず、唾を吐かなかった。

夕日を背中に浴びることもしなかったし、用があって麓に下り、西の坂から比叡山に登らなければならないときは、身体を横にして歩いた。

範久阿闍梨は口癖のように言っていた。

「樹木が倒れるときは必ず傾いている方に倒れます。人間も同じこと。常に西の方角を心にかけて常に西を向いておれば西方極楽浄土に往生できるはずです。間違いありません」

そして範久阿闍梨はその通り往生した。

範久阿闍梨は往生者の列伝の二十番目に記載されているそうだ。

(「宇治拾遺物語」町田康訳『池澤夏樹=個人編集 日本文学全集08』※以下、町田訳)


非常にわかりやすいんじゃないでしょうか。ただ、おもろない。そのままやんけ。直訳はちょっと味気ないですね。これだと先に紹介した真面目な訳とあまり変わらないです。

もう一つ、直訳の例をいきます。

保輔(やすすけ)盗人たる事

今は昔、丹後守保昌(たんごのかみやすまさ)の弟に、兵衛尉(ひやうゑのじよう)にて冠(かうぶり)賜り(たまは)て、保輔(やすすけ)といふ者ありけり。盗人の長(をさ)にてぞありける。家は姉が小路の南、高倉の東にゐたりけり。家の奥に蔵を造りて、下を深う井のやうに掘りて、太刀(たち)、鞍(くら)、鎧(よろひ)、兜(かぶと)、絹、布など、万(よろづ)の売る者を呼び入れて、いふままに買ひて、「値を取らせよ」といひて、「奥の蔵の方へ具して行け」といひければ、「値賜らん」とて行きたるを、蔵の内へ呼び入れつつ、掘りたる穴へ突き入れ突き入れして、持て来たる物をば取りけり。この保輔がり物持て入りたる者の、帰り行くなし。この事を物売あやしう思へども、埋み殺しぬれば、この事をいふ者なかりけり。
これならず、京中押しありきて盗みをして過ぎけり。この事おろおろ聞えたりけれども、いかなりけるにか、捕へからめらるる事もなくてぞ過ぎにける。

（原文・第百二十五話）

リズムは素晴らしいですけど、何を言うてるかわからない。これを私が直訳するとこういうことになります。

兵衛尉　藤原保輔は泥棒だった

そこそこ前。丹後守藤原保昌という人の弟で保輔という人があった。兵衛尉という結構な官職を賜った貴族であったが、この人は盗賊の頭でもあった。
姉小路の南、高倉の東に邸宅があった。

邸宅の敷地の最奥部に蔵があり、その蔵のなかには井戸のように深い穴が掘ってあった。

太刀、鞍（くら）、鎧（よろい）、兜（かぶと）、絹、布などを扱う業者を邸内に呼び入れ、高値で契約を結び、最奥部の蔵に品物を運ぶように指示し、有利に取引できた、と喜んで疑いなく蔵に入ってくる業者を穴に突き落として殺害、商品を不法に奪い取った。

なので、保輔と取引した後、行方がわからなくなった同業者が多すぎる。もしかしたら殺されたのではないか。という噂（うわさ）が業者間に流れたが、死体が発見されないので、根拠不明の噂、の域を出なかった。

それだけではなく保輔は市内の各所に押し入って強盗を働くなどしていた。そのことも話題になっていたが、どういう訳か捜査機関は動かず、その後も彼が捕縛されることもなかった。

（町田訳）

ニュース原稿みたいですよね。とにかくわかりやすい。

直訳はすごく簡単です。私は古文をすらすら読めるんじゃないかと誤解されますけど、まったくそんなことなくて、ほとんど読めないという体たらくです。でも、わからんところは自分で調べられる。古語辞典を引けば、ものすごい懇切丁寧に書いてあります。国語辞典よりよっぽど親切に書いてありますからね。何の工夫もなくこれくらいの訳はできるんです。

直訳はつまらんかもしれませんけど、文章力がアップしますよ。どういう言葉をどういう組み合わせで使うか、読みやすくしようとか、リズムを大切にしようとか、いろいろ考えますからね。やっていくうちに、「こうしたほうがわかりやすいやんけ」「こっちのほうがおもろいやんけ」とか出てきます。

コツ2　説明（動作編）

今つい「おもろいやんけ」と言ってしまいましたけど、直訳って、おもしろ味がないんですよね。原文が言うてることをそのまま言うてるだけですから。紹介した二編は直訳で納得できましたけど、そうは折り合いがつかん作品もあります。それをどうするか。

先日、古川日出男(ふるかわひでお)さんと対談しました。『女たち三百人の裏切りの書』という、『源氏物語』を書き換えたすばらしい小説を古川さんが書いたんですけど、そこに「隙見(すきみ)」という言葉が出てきます。間を見るということですかね。お話のなかで、あるトピックが出てきて、次にもう一つのトピックが出てくる。その間には、時間が経過していたり、空間が移動していたりしますよね。その間を想像力を使って物語で埋めていく。それを古川さんは隙見と呼んでいます。ちょうど私は『宇治拾遺物語』の翻訳をやっているときだったので、そうそう、そういうことやるよね、と古川さんと話したんです。

「なんでこの登場人物、こんなことするの？」とわかりにくい場合、パズルのピースをはめるように、トピックとトピックの間を説明する。間にあるべき説明をくわえると、事実を述べただけのニュース原稿みたいなものや、それだけでは納得がいかない話に、だんだんおもしろ味や様子のおかしさが出てきます。

源大納言雅俊、一生不犯の鐘打たせたる事

これも今は昔、京極の源大納言雅俊といふ人おはしけり。仏事をせられけるに、仏前にて僧に鐘を打たせて、一生不犯なるを選びて講を行はれけるに、ある僧の礼盤に上りて、少し顔気色違ひたるやうになりて、撞木を取りて振りまはして打ちもやらでしばしばかりありければ、大納言、いかにと思はれける程に、やや久しく物もいはでありければ、人どもおぼつかなく思ひける程に、この僧わななきたる声にて、「かはつるみはいかが候ふべき」といひたるに、諸人頤を放ちて笑ひたるに、一人の侍ありて、「かはつ

るみはいくつばかりにて候ひしぞ」と問ひたるに、この僧、首をひねりて、「きと夜部(よべ)もして候ひき」といふに、大方(おほかた)とよみあへり。その紛れに早う逃げにけりとぞ。

(原文・第十一話)

これを直訳をしつつ、間に説明をくわえます。すると原文に比べて訳文が長くなりました。技をお目にかけますから、よく聞いておいてくださいね。ふふふ。

源大納言雅俊が童貞の僧に鐘を打たせようとしたら……

これも割と前の話だが、京極(きょうごく)の源大納言雅俊(げんのだいなごんまさとし)という人がいて、この人は仏事、すなわち、僧に来てもらって経や解釈を読んでもらったり、問答をしてもらったりといった仏教のイベント、を熱心にする人で、そのためにはお金やなんかも惜しまなかった。

そういう儀式をする際、大事になってくるのはどんな僧が来るかで、やはり来る僧の徳の高さによって儀式の効能というか、効き目が違ってくる。もちろん徳が高い方がよいのである。

そのときも大納言はなるべく徳の高い僧に来てもらいたいと考え、寺の方に、「今回は一生不犯(いっしょうふぼん)の清僧をお願いします」という注文を付けた。どういうことかというと、不(ふ)邪淫戒(じゃいんかい)をこれまで一度も破ったことのない僧、あからさまに言えば、これまで一度も性交をしたことがない僧を頼んだ訳である。

しかしこれはなかなか難しい注文で、それが邪淫かどうかは別として、僧と雖(いえど)も人間である以上、淫欲というものがあり、そこはやはりどうしても一回、いや、二回、いや、十回か二十回くらいは破戒をしてしまいがちだからである。

しかしまあ、大きな寺なので真面目な僧も何名かはあり、そのなかでも特に真面目な、というかもう真面目を通り越してクソ真面目な僧を選んで大納言の仏事の導師を務めさせることにした。

そして当日、その真面目な僧がしずしず入ってきて、ご本尊の前の、一段高くなった席に座った。

さあ、これからいよいよ厳粛な儀式が始まる。そう思って一同は、真面目な一生不犯の僧が鐘を打つのを待った。まず導師たるその僧が仏前で鐘を打ち、その後、経や解釈を読んだり、質疑応答をしたりするのである。

ところが、席に着き、鐘を打つための撞木(しゅもく)を持ったその僧が、一瞬はっとしたような表情を浮かべたかと思ったら、それから、打とうとして打たずに中途でやめる、ということを繰り返して、ちっとも鐘を打たない。

鐘を打たないことには仏事が始まらない。人々も大納言も、どうしてしまったのだろう、と思っていると、この真面目な一生不犯の僧は、下を向いたまま震える声で、「あのお……」と言って言い淀んで撞木を見つめ、それから決心したようにみなの方を向いて言った。

「私、あの、一生不犯ということで呼ばれてるんだと思うんですけど……」

「そやがな。一生不犯と違うのかいな」

「いえ、不犯です。間違いなく、不犯です。ただ……」

「ただ、なんやねん」

そう問われて真面目な僧は、

「千摺はどういう扱いになるのでしょうか」

と、半泣きで言った。

全員が爆笑して、うち何人かの顎が外れた。ひとしきり笑った後、ひとりのふざけた侍が進み出て、「回数によって違ってくると思いますが千摺は何回くらいしたのでしょうか」と問うたところ、真面目な僧が、「毎日です。昨日の晩もしてしまいました」と生真面目に答えたので、また全員が爆笑し、何人かの腹筋が崩壊した。真面目な僧はいたたまれなくなってその場から遁走(とんそう)し、仏事はメチャクチャになった。うくく。

(町田訳)

どうですか。おもろくなってきたでしょう。もとの意味はこんな感じやったんです。千摺は「かはつるみ」の訳です。「かはつるみ」の注釈を読んでみますね。「手で性器を刺激して快感を求める行為。千ずり。自慰」と真面目な学者の先生が書いています。

私がいちばんポイントにしたのは、「ある僧の礼盤(らいばん)に上(のぼ)りて、少し顔気色(かほげしき)違(たが)ひたるやうになりて、撞木(しもく)を取りて振りまはして打ちもやらでしばしばかりありければ、大納言、いかにと思はれける程に、やや久しく物もいはでありければ、人どもおぼつかなく思ひける程に、この僧わななきたる声にて」、ここですね。私の訳では「下を向いたまま」という動作を入れました。原文にはありませんが、でもこの動作を入れることで、真面目な僧の内心の葛藤が明らかになって伝わっていく。これが動作の説明です。

もう一つ、別の例です。これは芥川龍之介が「芋粥(いもがゆ)」の下地にした有名な話です。小説とはいえ、芥川が先に手をつけているとなるとやりにくいですね。ちょっと違うふうにやらな、と思いました。

五位という京都の下級貴族が、地方に行って豪勢なもてなしを受ける。京都は物が集まりますけど、名産がないんですよね。地方のほうがよっぽど産物が豊かです。今の季節、筍(たけのこ)がおいしいですけど、銀座の寿司屋に行ったらものすごい高い。でも山に入ったらなんぼでも生えてますよね。それと同じことで、この頃、京都では山芋がなかなか食べられなかった。五位は地方で山芋をふるまわれて、いろんな所でさんざんもてなされて、普段の薄っぺらい布団とうってかわって分厚い布団に寝させられて、ほんまにこんな待遇ええのかなと思っているところに、さて。

利仁(としひと)、芋粥(いもがゆ)の事

汗水(あせみづ)にて臥したるに、また傍(かたは)らに人のはたらけば、「誰(た)そ」と問へば、「『御足(みあし)給へ』と候(さぶら)へば、参りつるなり」といふ。けはひ憎からねば、かきふせて風の透(す)く所に臥せたり。

（原文・第十八話）

動作の説明をくわえて翻訳すると、こうなります。

利仁将軍が芋粥をご馳走した

そんなことで、ずくずくになって寝ていたが、誰かが部屋のなかに入ってきたような感じがして、寝たまま、「誰かいるのですか」と問うたところ、「お客様のおみ足をお揉みしろ、と言われましたので参りました」という声がした。若い女の声だった。首をもたげて見ると、みめかたちのうるわしい女であった。五位は、「あ、じゃあ、折角なんでおみ足お願いします」と言って、動きやすいところへ移動して、おみ足を揉んでもらった。別のところも揉んでもらった。それだけでは悪いというので自分もいろんなところを揉ませてもらった。吸わせてももらった。

（町田訳）

笑わそうと思って原文にないことを書いてるんじゃなくて、あくまで原文から読みとれることなんです。それを動作を中心にはっきり書くことで、五位がどういうもてなしを受けたか、わかりやすくなりましたよね。

コツ3　説明（会話編）

次のコツにいきましょう。会話です。カギカッコでくくられる台詞のやりとりですね。原文では台詞が書いてないこともあるし、書いてあっても一言二言、用件だけ伝えて終わっていたりする。でも普通に会話してて、用件だけで済みませんよね。「ちょっと飲み行けへん？」「ええよ、行こか」っていきなり結論にいくことあるけど、「え、なんで？」「何もないけど」「どこ行くん？」「どこやろな」「なんで決めてへんの？」「知らんよ」とか、間がいろいろありますよね。その間を埋めていくと、読むほうの納得感が増します。

これは中国の話です。山にある卒塔婆（そとば）の周辺で若い奴（やつ）らがだらだらしてる。毎日そんな所でだらだらしてる若者ってことは、ニートってことです。で、そこに毎日通ってるお婆（ばあ）さんもおるんですね。若い奴が「なんで毎日来るの？」と聞いたら、「卒塔婆に血がついたらえらいことになるでって親から聞いてるから、びびって毎日来てますねん」とお婆さんが言う。若い奴らはアホちゃうかと思って、お婆さんをおちょくったろと相談するシーンです。まずは原文から。

唐(もろこし)に卒都婆(そとば)血つく事

この男ども、「この女は今日(けふ)はよも来(こ)じ。明日(あす)また来て見んに、おどして走らせて笑はん」と言ひ合せて、血をあやして卒都婆によく塗りつけて、この男ども帰りおりて、里の者どもに、「この麓(ふもと)なる女の、日ごとに峯(みね)に登りて卒都婆見るを、あやしさに問へば、しかじかなんいへば、明日(あす)おどして走らせんとて卒都婆に血を塗りつるなり。さぞ崩るらんものや」など言ひ笑ふを、里の者ども聞き伝へて、をこなる事の例(ためし)に引き笑ひけり。

（原文・第三十話）

会話を意識して訳すとこうなります。

卒塔婆(そとば)に血が付いたら

「いま思いついたのですが、どうでしょうか。ひとつ彼女を驚かせて、みんなで笑いものにしませんか」

「どうするのです」

「彼女はもう今日は来ないでしょう。そこで今日のうちにこの卒塔婆に私たちで血を塗っておくのです。明日、それを見た彼女は、山が崩れる、と里の人たちに必死で触れて歩くでしょう。その必死な様子を見てみんなで笑いものにしたら愉快なんじゃないでしょうか」

「愉快です」「愉快です」「愉快です」「愉快です」「愉快です」「ではやりましょう」

衆議一決して、若者たちは小刀で腕を切るなどして血を融通し、卒塔婆に塗りつけて山を下りた。そのうえで里の住民たちに、「山頂の卒塔婆に血が付いたらあの山が崩れてこのあたりが深い海になる、と訳のわからないことを言うおばあさんがいたので、私たちがさっき血を塗ってきました。明日、見に行って、血が付いているのに驚いて大騒ぎして、触れて歩くと思います。みなさん、山崩れには十分、注意して警戒を怠らないようにしてくださいね」と言って歩いたところ、これが住民たちに大受けに受け、住民たちは、なんとも馬鹿なお婆さんがいるものだ、と、寄ると触るとお婆さんの話をしてげらげら笑い転げた。


（町田訳）

「愉快です」という台詞は原文にありません。これを足すことによってわかりやすさが増えますね。

これに似たバージョンを紹介します。ある日、宮中に「無悪善」と書かれた札が立てられて、それを嵯峨天皇が小野篁に読めと命じます。「無悪善」というのは、まあ、嵯峨天皇をディスっとるわけです。

小野篁広才の事

帝、篁に、「読め」と仰せられたりければ、「読みは読み候ひなん。されど恐れにて候へば、え申し候はじ」と奏しければ、「ただ申せ」とたびたび仰せられければ、「さがなくてよからんと申して候ふぞ。されば君を呪ひ参らせて候ふなり」と申しければ、「おのれ放ちては誰か書かん」と仰せられければ、「さればこそ、申し候はじとは申して候ひつれ」と申すに、（略）

（原文・第四十九話）

ここに台詞をいくつか足します。さらに今っぽい言葉を使うことによって、会話に広がりを出します。

小野篁の才能

そこで嵯峨天皇は小野篁を呼んで、「読みなさい」と命令した。小野篁は言った。

「あ、これですか。はい。読みました」

「なんと書いてあるのですか」

「とてもじゃないけど言えません」

「なぜですか」

「畏れ多いことが書いてあるからです」

「構いません。言いなさい。読んだからといって怒ったり、ましてや、あなたを咎めたり、責めたりするようなことは絶対にしません」

「ホントですか？　じゃあ読みます。これは、『さがなくてよからん、つまり悪、無ければ、善からん』、つまり、嵯峨天皇なんか死ねばいいんだ、と書いてあるんです」

「なるほど。ひとつ言っていいですか」

「なんでしょうか」

「すごいむかつくんですけど」

「怒らないって言ったじゃないですか」

「言いました。それでもむかつくものは仕方がありません。あと、もうひとつ言っていいですか」

「なんですか」

「これ書いたの、あなたですよね。咎めたいんですけど」

「だから読みたくないって言ったんですよ。絶対に私じゃありません」


（町田訳）

原文では二人ともニュートラルな話し方をしてるんですけど、現代語訳では嵯峨天皇に若い人っぽい性格をつくりました。短い話だからこそ、性格や感情や人格をくわえてキャラクターを引き立たせました。絶対怒らないと言いながら怒ってしまう。嵯峨天皇ってわがままで君主らしい人やな、とわかりやすくなりましたよね。

これは翻訳にとって大事な話なんですけど、キャラクターの呪縛というものがあるんです。私は古典が好きなせいか、昔のものは尊くて、新しいものは野蛮だとつい思ってしまう。老人はありがたいもんやと思い込んでしもうとるんですね。でもそれは、老人というキャラクターについてまわる呪縛なんです。

たとえば、夏目漱石の『吾輩は猫である』に牧山（まきやま）という老人が出てきます。彼は明治時代になっても頭にちょんまげを結ってるような旧幕時代の人で、私は牧山をありがたい老賢人やと思って読んできたんです。だけど、やっと気づいたんですよね。漱石は牧山をマンガチックに描いてます。新世代の水島寒月（みずしまかんげつ）や越智東風（おちとうふう）、中間世代の苦沙弥（くしゃみ）先生にたいして、旧世代の牧山にちょっと笑ける異物感をあたえているんです。だけど私は「老人＝賢人」というプリセットされたイメージにとらわれて、『吾輩は猫である』という小説を読めてなかったんですよね。

翻訳も同じです。老人が出てきたら「あんた老人なんやから、ええ話をもったいぶって喋って」なんて演出してたら、つまらないですよね。でもだからといって、「老人＝賢人」の真逆で「老人＝愚者」をやればいいというものでもない。あくまで原文に書かれてあることを、どう現代に移したらわかりやすいかを考える。ただまあ、元の情報が少ないですから、考えても外れていく。だからノリと直感と気合いでやったほうが合うてる場合が私は多いです。キャラクターの呪縛を外して読んでみて、「この人、こんな人かもな」と思ったら、それをつかむ。いちばんええのは、「俺ならこう演じる」を考えることかもしれないですね。

今は昔ですけど、私ね、『熊楠（くまぐす）』という映画で南方（みなかた）熊楠役をやったことがあるんです。那（な）

智(ち)の滝に行ってね、監督が演出をつけはじめたんですね。監督自身が「ここで右まわりに動いてゆっくり喋るんだよ。次に遠くをぼうっと見る。そして……」とか言いながら夢中で演技しはじめた。三分くらいやり続けて、「まあ、これは違うけどな」って言ったんです。今の三分、何やったんや、と思いましたけど、監督の「俺ならこう演じる」に合わせなくていい、私の「俺ならこう演じる」を見せてみろ、ということだったんですね。そういうことですわ。

じゃあ、読んでみましょう。この話も芥川龍之介が「鼻」という小説で書いたので有名です。ある寺に鼻の長いお坊さんがいます。そのお坊さんがご飯を食べるときに鼻が邪魔になるので、鼻を支える係を少年がやってるんです。少年はなかなか上手に鼻を持ち上げるんですけど、妙ちくりんな鼻を見てたら自分の鼻が痒(かゆ)くなってきて、くしゃみしてしまった。それで鼻が熱い粥(かゆ)に落ちてしまって、お坊さんがむちゃくちゃ怒るところです。

鼻長(はなな)き僧の事

「おのれはまがまがしかりける心持ちたる者かな。心なしの乞児(かたゐ)とはおのれがやうなる者をいふぞかし。我ならぬやごとなき人の御鼻にもこそ参れ、それにはかくやはせんずる。うたてなりける心なしの痴者かな。おのれ、立て立て」

（原文・第二十五話）

お前はなんちゅう奴や、俺だからよかったけど、もっと高貴な人の鼻を支えなあかんときはどうする気や、と罵倒したわけです。怒り方はキャラクターによって違いますよね。私は禅珍内供にひとつのキャラクターを付与しました。

鼻がムチャクチャ長いお坊さん

「ちょっと、なにやってんのよ。バカじゃないの。も、ちょっと考えられない。こころ病んでんじゃないの。脳ミソにギョーチュー湧いてんじゃない？　なんであたしが朝からお粥浴びなきゃなんないわけぇ、も、訳わかんない。早く死んでちょうだい。っていうか、これがあたしじゃなくて、もっと身分が高い人の鼻を持ち上げるときはどうするわけぇ。それでもこんなことすんの？　信じられないようなバカね。あんたはもう追放よ。早く出てって。あたしの前からいなくなって。なに、ぼおっと立ってんのよ。さ、みんな。この猿の天ぷらを追い出しておしまい」

（町田訳）

女性っぽいキャラクターにしたんです。私が禅珍内供の役をやるなら、この感じでいきますね。何でも機械的に女性っぽくしたら怒ってる感じが出るということじゃないですよ。鼻を人に支えさせてご飯を食べてることから思いつきました。

飛躍しすぎだと思う人もいるかもしれないですけど、あくまで原文のなかに種があるんです。翻訳の場合、原文にまったくないキャラクターを付けくわえるのはやめたほうがいいです。やり過ぎると、限りなく創作に近づいてしまいます。

桂枝雀（かつらしじゃく）という落語家がいて、いろんなジェスチャーを大袈裟（おおげさ）にするんです。途中で立ったり、急に横や後ろを向いたり、普通の落語の所作ではない動きをする。でも本人としては、座布団に足の指先がちょっとでもかかっていたらそれは落語である、という決まりを設けていたそうです。翻訳も同じですね。原文にちょっとでも足先がかかっていれば、それは翻訳です。

最後に「瘤とり爺さん」を読みましょう。この翻訳は足の指先の爪が座布団についているかいないか、ギリギリだと思います。

山に行ったお爺さんが瘤を鬼にとられてしまった。お爺さんはずっと、自分は瘤のせいで人間らしい生活ができないのだと思って生きてきたので、瘤がなくなって大喜びです。喜び勇んで家に帰り、お婆さんに顔を見せました。そこでの二人の会話に、私はちょっと不思議なものを感じたんですね。そこで原文にはないお婆さんの台詞をくわえました。

鬼に瘤（こぶ）取らるる事

翁顔を探るに、年比（としごろ）ありし瘤跡なく、かいのごひたるやうにつやつやなかりければ、木こらん事も忘れて家に帰りぬ。妻の姥（うば）、「こはいかなりつる事ぞ」と問へば、しかじかと語る。「あさましきことかな」といふ。

（原文・第三話）

「あさましい」は現代語ではネガティブな意味で使うんですけど、もともとの意味では、驚いたというニュアンスが強いです。だから『新編日本古典文学全集』のほうでは「あさましきことかな」を「なんとまあ、驚いたこと」と訳しています。

でも、しっくりこないんですよね。夫の顔から、長年苦しめられた瘤がなくなっているんですよ。「どうしたの」「実は鬼にとられてね」「なんとまあ、驚いたこと」。……ちょっとお婆さん、何それ。もうちょっとリアクションあるやろ。「よかったやん！　ラッキーやん！」とか盛り上がるところですよね。それを「あさましきかな」しか言わないなんて、お婆さんは腹に一物がありますよ。普通、そう思いません？　私はこの「普通に思うこと」を大事にしたいんです。そこから翻訳のヒントが生まれます。

古語辞典を引きました。「あさまし」には八つほど意味があります。「①人情が薄い。②考えが浅はかだ。③驚きあきれるばかりである。④あまりのことだ。言語道断だ。⑤嘆かわしい。情けない。興ざめだ。⑥とるに足らぬ。卑しい。みすぼらしい。⑦心が卑劣だ。さもしい。⑧心配だ。」これ、全部ミックスされた感情がお婆さんにあるなと思ったんです。びっくりもしてるし、いぶかしくも思うし、心配もするし、ひどいとも思うし、がっかりもしたし、さもしいとも思うし、なんとなく許せない気持ちもあるし。そこらへんを表現したくて考えました。

奇怪な鬼に瘤を除去される

夢のような出来事だった。もしかしてマジで夢？　そう思ったお爺さんは右の頰に手を当てた。そこに瘤はなく、拭い去ったようにツルツルであった。このことを誰よりも早く妻に知らせたい、と思ったお爺さんは伐採した薪を木の洞に残したまま中腹の家に飛んで帰った。

お爺さんの顔を見て驚愕した妻は、いったいなにがあったのです？　と問い糾した。お爺さんは自分が体験した不思議な出来事の一部始終を話した。妻はこれを聞いて、「驚くべきことですね」とだけ言った。私はあなたの瘤をこそ愛していました。と言いたい気持ちを押しとどめて。

（町田訳）

最後の一文は原文にまったくないことです。これは創作といえるかもしれません。ストーリーに関係ない部分ですけど、辞書的に訳しただけでは、せっかく登場しているお婆さんの内面が見えてこないですよね。私はどうしてもこの一文を入れたくなった。こうすることで、話が立体的に広がっていきますよね。

破格な翻訳です。でも、ただ形を壊そうとか、元の話を裏切ってやろうとか、とにかくむちゃくちゃやればいいとかいうわけではないんです。原文を読んで、おもしろい、楽しい、なんでこうなるの？　と思った気持ちがやっぱり大事です。そして自分で訳してみて、この訳文ええやんけ、とおもしろがれる気持ちが大事です。単なる破壊じゃあ、なかなか楽しくできませんから。

けっこう遊べます。やれと言われてやった仕事ですけど、『宇治拾遺物語』の翻訳はおもしろいばっかりでした。こんなんで金もらえるんやったら一生これやるわ、と思いましたね。まあ、『新編日本古典文学全集』は五千円くらいのもんです。スマホのゲームに課金するよりよっぽど安くつきますよ。十年くらいこれで遊べますからね。しんどい古典もあると思いますけど、『宇治拾遺物語』はわりと気軽に訳せますから、やってみてください。

質疑応答

さて、「みんなで訳そう宇治拾遺」、いかがでしたか。最後に質疑応答にいきましょう。今日の付録に「丹波国篠村、平茸生ふる事」の新訳として、今日だけ限定で、「丹波国篠村に平茸が生えた一件について」をお配りしました。これについて「ここ、どうやって訳したんですか?」でもいいですし、それ以外でも「その服、どこで買うたんですか」でもいいです。質問があれば手を挙げてください。

【質問1】「丹波国篠村に平茸が生えた一件について」の冒頭、「これもルルル、前のこと」と始まっています。「これも今は昔」の訳だとわかるのですが、この「ルルル」は何ですか。気になってしかたありません。

これはリズムの整えでございまして。「今は昔」ってプレッシャーなんですよね。とにかくたくさん出てくるんですけど、これをどう訳すか。「前」「けっこう前」「これもけっこう前」「前のことだが」「割と前」とかいろいろやってるんです。「丹波国篠村に平茸が生えた一件について」も適当に「けっこう前から」で始めようとしたら、そのすぐ後にまた「けっこう前から」が出てくるんですよ。「けっこう前から」ばっかりだとアホみたいじゃないですか。「ルルル」を入れると歌っているようなニュアンスが出てきて、由紀さおりみたいな。古文というと格調高いんちゃうかと構えるかもしれませんけど、そんなことないです。もと『宇治拾遺物語』自体が気楽なものなんです。そんな感じでリズムを整えつつ、世代によって歌も違うでしょうから、皆さんもやってみるといいと思います。

【質問2】数ある古典のなかから、町田さんが『宇治拾遺物語』を選択されたのはなぜですか。

ぶっちゃけた話、編集部から割り振られたんです。ああ、私はお笑い担当だなとわかりましたね。ちなみにこれもルルル、前のことですけど、『源氏物語』のアンソロジーで翻訳を頼まれたときも「末摘花（すえつむはな）」を割り振られました。もっぱらお笑い中心でやらせていただいております。

【質問3】キャラクターをあたえる話がおもしろかったです。関西弁を使う人物がときどき出てきますが、それもキャラクターの一つですか。

文学って、ニュートラルな言葉が多いんですよね。それでもいいんですけど、たとえば今日ここで私がお話ししたのはコツですよね。秘訣です。競馬の予想屋みたいなもんですよ。要するに、私が語ってること自体が芸なんです。マイク握って三十五年、私もともと歌手なものですから、歌ってなんぼ、ギター弾いてなんぼ、芸見せてなんぼでしてね。ステージ上がって「ギターというものは弦があって胴があって空洞に音を響かせる構造になっています」なんて知識を披露してもしょうがない。芸せな、という気持ちがある。ニュートラルな文章を書いていると、こんなんでええんかな、と思ってしまうんです。私ね、ニュートラルな文章も上手いんです。実は名文家なんですよ。でもそれじゃあ芸がない。笑かしがない。曲げたくなってくる。関西弁はたまたま私がなじみがあるからですけど、芸のために使えるんです。

【質問4】「すごい祈禱法をマスター」とか「インディーズ系の僧」とか、今の若い人の言葉と昔のかしこまった言葉の混ざり具合がおもしろかったです。

言葉は純粋にやっていくと滅びるんですよね。やっぱり混ぜていかんとね。ミックスジュースの文化なんです。ただ、混ぜるのもコツがありますね。バンドをやってるとき、よくあったんですよ。各パートでレコーディングした音を最終的にミックスダウンで一つに混ぜるわけですけど、みんな目立ちたいから自分の音量を上げたがる。「ドラム上げて」「ベース上げて」「ギター上げて」「ボーカル上げて」、それでムチャクチャになって「で、どうすんの?」「すいません、俺の音、下げてください……」って全体のバランスを見始めるんです。ええバランスじゃないとね、なんぼ音上げても聞こえへん。よっしゃあ関西弁でいったろかいと思っても、全部が全部、関西弁やったらうるさくて聞こえへんかもしれん。ミックスするときはバランスをとらなあかんということです。何でも一緒ですよね。肉ばっかり食ったらあかんっていうことですよ。野菜も豆も海藻も食わんと。まあ、そんな感じですわ。

【質問5】最初に読んだとき、ここまで変えちゃっていいのかなと思いました。だけど今日、話を聞いてわかりました。町田さんは『宇治拾遺物語』という原曲を忠実に再現するんじゃなくて、カバー曲を新しくつくって聞かせているんだなって。

おっしゃるとおり、カバーですね。でもメロディーは絶対に変えてません。メロディーとは話の筋ですね。展開や結末を変えるようなことはしてないです。あと、ムードも変えてません。暗い曲を明るい調子でやったりはしてなくて、もとのムードがより活きるようにやってます。弾き語りの曲にいろんなオケをつけたみたいな感じですね。原文にないことは書かない。原文から聞こえてくる音以外はつけない。だから原文を潰してやろうとか、原文と闘ってやろうとか、そういう意識はまったくなかったです。

百人一首
現代に生きる和歌

小池昌代

［百人一首］

十三世紀前半、藤原定家（ふじわらのていか）が奈良時代から鎌倉時代初期に至る代表的歌人百人の秀歌を一首ずつ集めたとされる歌集。「小倉百人一首」とも呼ばれている。一二三五年頃、定家が山荘の障子に貼る色紙の作成を依頼され、そこで百人一首を書いて贈ったと言われている。小倉百人一首と言われるのは、その山荘が京都嵯峨野（さがの）の小倉山にあったため。ただし成立、撰者ともに不明な点も多い。

歌人は、天智（てんじ）天皇（六二六〜六七一）から順徳院（じゅんとくいん）（一一九七〜一二四二）まで、歌集は、『古今和歌集』から『続後撰和歌集』までから選ばれている。また恋の歌が多いのも特徴。「百人一首かるた」として親しまれている。

日本語の井戸

小さい頃から百人一首を取っていらっしゃる方、いらっしゃいますか？　私はお祖母ちゃんに読み上げてもらって、子どもの頃にずいぶんやりました。大人になってからは、近現代詩を中心に読み書きしておりますが、これまで和歌を専門的に勉強したことはありませんでした。この「日本文学全集」を機に多くの本や人から学びました。とてもよい機会をいただき、感謝しています。

日本の詩について考えるとき、和歌を抜きにしては考えられないなと痛感しています。ただ現代詩人は、定型の五七五（七七）という枠に対するアレルギーみたいなものがありまして、短歌や俳句に背を向けるところがあると思います。私もいろいろ考えるところがありまして、俳句・短歌の創作はいたしませんが、近代現代のものを中心に読むだけはいろいろ読んできたんです。けれども今回、こうして『百人一首』を読み直してみると、古典の和歌には、さまざまな謎や発見がありました。言葉の意味がなんとかわかっても、腑に落ちない歌もいろいろありました。調べつつ読んでいきましたが、その作業自体、日本語の深みに潜り込んでいくようできりがないのです。千年前に生きていた人の眼差(まなざ)しや心の在(あ)り処(どころ)に重なりたいと思いながら、今もまだ、井戸を掘り続けています。和歌を読むというのは、本当におそろしく、喜びの深い作業です。

歌の花束、和歌の祝祭

『百人一首』には、代々の天皇や上皇の命令によって編まれた、いわゆる勅撰(ちょくせん)和歌集から選ばれた歌が合計百首、並んでいます。一人につき一首ずつ。藤原定家(ふじわらのていか)が編纂(へんさん)したと言われていますが、編集に補助的に参加した人もいる可能性があるなど、まだ不明な点も多いようです。歌人たちについても、古い時代の人ほど、実在したのかどうかもわからない人がいます。古い和歌には「よみ人しらず」と書かれてあるものがありますね。誰が詠(うた)ったのかわからないけれど、歌は残っているということです。ただ、この「よみ人しらず」は『百人一首』には存在しません。たとえば、のちほどご紹介します一首ですが、「奥山に紅葉(もみぢ)踏み分(わ)け鳴く鹿の声(こゑ)聞く時(とき)ぞ秋は悲(かな)しき」。この歌は、『古今和歌集』では「よみ人しらず」とされていますが、『百人一首』では猿丸大夫(さるまるたいふ)の歌として登場します。

アンソロジーはよく花束になぞらえられます。『百人一首』は歌の花束、和歌を持ち寄った祝祭の場です。そもそも百人と銘打っているのですから、「よみ人しらず」が出てきたらまずいわけです。気分だってしらけてしまいますね。一首に、きちんとした作者名があることで、歌の背景が膨らみますし、『百人一首』の世界は、やっぱり人名が一首を盛り上げているのだと思います。

もう一つ、歌集というのは並びがとても大事なようです。詳しくはのちほどお話しするとして、まずは基本的なことだけお話ししておきますね。

『百人一首』は、第一首から第百首まで、だいたい年代順に並んでいますが、このとき、前後にどんな歌があるか、関係を見ていくと、おもしろいです。たとえば『百人一首』のはじまりを見ると、一首が天智天皇、二首が持統天皇、この二人は父と娘です。かわって最後を見てみますと、九十九首が後鳥羽院、百首が順徳院、この二人も親子です。あるいはまた、四十番、四十一番の歌のように、同じ歌合で競ったペアもあります。ただ、この二首一組は、『百人一首』の原型となったのではないかと考えられている定家編纂の『百人秀歌』に、より顕著に見られる特徴のようです。

『百人一首』と『百人秀歌』の共通点は多く、百首のうち九十七首が一致します。ただ『百人秀歌』のほうには、後鳥羽院と順徳院の歌が含まれていなかったり、同じ歌人でも別の歌

（源 俊頼（みなもとのとしより））が収められていたりと、違いがあります。

『百人一首』は、全体の成立も一首ごとの内容も、まだ謎を残した歌集なんですね。

耳のそばだつ歌

今日は百首のなかから六首を選んで持ってきました。

この六首は、私の好きな歌でもありますし、私のなかで解釈が分かれている歌でもあります。先ほど、和歌はきりもなく奥が深いとお話ししましたが、何度か読むうちに、微妙なところで受け取り方が変わってくるのです。ですから今日は、「日本文学全集」に収録した現代詩訳と、あらたに手がけた新訳もつけてご紹介します。それぞれの違いを味わっていただけたらと思います。

『百人一首』のなかでもっとも多いのが恋歌です。四季の歌よりも多く、百首のうち四十三首を恋歌が占めます。ですから今回は恋を詠んだ歌も選びました。

それでは、最初の一首です。

奥山に紅葉（もみぢ）踏み分け（わ）鳴く鹿の声（こゑ）聞く時（とき）ぞ秋は悲（かな）しき

（五番　猿丸大夫　出典『古今集』秋）

奥山にすむ　一匹の鹿
降り積もった紅葉を踏み分けながら
――と鳴く
ああ　あの声
あの声のゆくところ
秋の悲哀はもっとも極まって

（「百人一首」小池昌代訳『池澤夏樹＝個人編集　日本文学全集02』※以下、小池訳）

かさこそと
紅葉、踏みわける足音がして
雄鹿が鳴く
秋は悲しい
妻を探しているのだろうか

あの声を　聞くとき
一気に秋が
秋が一気に　深くなる

（小池昌代・古典講義のための新訳※以下、新訳）

皆さんは、鹿の声をお聞きになったことがありますか？　私は町育ちなものですから、聞いたことがないんです。ＹｏｕＴｕｂｅで「鹿の声」なんて検索してみましたが、甲高くアーーアーーと上げる鹿の声しか出てきませんでした。山奥に入ったら、もう少し悲しげな鹿の声が聞こえてくるのではないかと思います。いつかぜひ聞いてみたいものです。

山歩きの好きな男性の友人がおりまして、その人は聞いたことがあるそうなのです。口笛のような声なのだそうです。その人は当然、この歌も大好きで、私が訳した『百人一首』のなかからこの歌だけ読んでくれたようなんですけど、ずいぶん不満を述べていました。この歌の「紅葉踏み分け」が問題だと言うのです。

「紅葉踏み分け」とは、いったい誰が、紅葉を踏み分けたのでしょうか？　人間でしょうか？　鹿でしょうか？　昔から解釈が分かれるところです。私の友人のように山歩きをする人は、紅葉を自分で踏み分けたいんですね。

この歌をどこで切るか、考えてみましょう（切る部分に「／」を入れました）。「奥山に紅葉踏み分け／鳴く鹿の声聞く時ぞ秋は悲しき」と二句切れで読むと、人間が山に入って紅葉を踏み分けている状態になります。いっぽう、「奥山に紅葉踏み分け鳴く鹿の」を一続きと考えると、紅葉を踏み分けながら鳴く鹿がいる状態になります。

私は、この歌は後者の解釈で読むほうが自然な気がします。乾燥した紅葉のかさこそとした音が聞こえてくる。そこに鹿の鳴く声が重なった。そんなとき、秋という季節がもっとも悲しく極まるのだと、こういう思いを詠った歌ではないでしょうか。

それに、奥山というのは、人里離れた山のことです。そんな所に人が入っていくことができるのかな、そんな山で鳴いている鹿の声が聞こえるのかな、そんな疑問もあるのです。

歌を味わうとき、なにか疑問を感じたら、私は出典を見てみます。『百人一首』の歌にはすべて出典があります。この歌の出典は『古今集』です。『古今集』をみますと、この歌の前後にいろいろ歌が並んでいます。

和歌は並びによって、いろいろな情報が見えてくることがあります。前に置かれた歌、後に置かれた歌、その流れで見ると解釈がつかめてくるのです。

『古今集』で、この歌の一つ前に置かれているのは、壬生忠岑（みぶのただみね）さんの歌です。「山里は秋こそことにわびしけれ鹿の鳴く音（ね）に目を覚ましつつ（山里は、季節のなかでも秋がひときわ寂しい。鹿の鳴き声を聞くたびに、目をたびたび覚まして眠れずにいる)」。どうやら昔の人には、鹿の鳴く声と秋の深まりがセットになっていたようです。しかもこの歌では、山で鳴いている鹿の声が、人里に届いたのでしょう。その声に、人間がはたと目を覚ましてしまった。

和歌というものは虚構です。「日本文学全集」に解題を寄せてくださった渡部泰明(わたなべやすあき)先生も『和歌とは何か』(岩波新書)でおっしゃっていますが、和歌とは、技巧をこらして、ある姿を「演じている」ものです。

ですから和歌で詠まれた風景が、どこまで実景なのかわかりません。ひょっとしたら鹿の声も、人間の想像でこしらえたものかもしれません。でも実際に鹿の声を聞く経験がなかったら、歌は出てこない。私はそう思います。

『古今集』でこの歌の一つ後に置かれているのは、よみ人知らずのこんな歌です。「秋萩(あきはぎ)にうらびれをればあしひきの山下とよみ鹿の鳴くらむ(秋萩の花を見てわびしく思っていると、山のふもとが鳴り響くほど、鹿が鳴いているようだよ)」。ここでも鹿と秋が詠まれています。「山下とよみ」って人の名前みたいですけど、「とよむ」は「響く」という意味です。鹿が鳴く声が響いてきたんですね。

一つ前の歌に秋萩が出てくることから、「紅葉踏み分け」の紅葉を、実際は萩の黄葉だったと考える方もおられます。けれども、この歌は藤原定家が『古今集』から独立させて、あらためて『百人一首』に鹿と紅葉と山という情景を置いたのですから、やはり紅葉という言葉を大事に扱うべきだと考える方もおられ、私は後者の考え方に納得しています。やはりどうしても、黄葉より紅葉の紅を想像したい歌です。

　このように和歌はいろいろな解釈ができるものですから、踏み分けて、踏み分けて、奥に入っていくときりがない。でも、いろいろ知って、たくさん読んだ後に、また素直な気持ちで一首に帰ってくる。すると前よりも、もっと耳が立ってくる。

「奥山に紅葉踏み分け鳴く鹿の声聞く時ぞ秋は悲しき」。雄鹿が雌鹿を求めて鳴く声、かさこそと乾燥した紅葉の擦れる音、そこに秋の深まりが聞こえる。私にはこの歌の情景から、人間を排除したいという思いもあります。読者のほうも、歌のなかに透明な柱となって立ってみましょう。そして耳をそばだててみましょう。

死ぬよりも悲しいこと

忘らるる身をば思はず誓ひてし人の命の惜しくもあるかな

（三十八番　右近　出典『拾遺集』恋）

忘れられるわが身は
もういいのです
おそれているのは　あなたのこと
あれほどまでに誓ってくれた人
よもや命にかかわることでもあったら
わたしは　やはり惜しみます
命は命
生きてほしいですから

（小池訳）

忘れられる
この身のことは
思いません
思うのは
あなたのこと

命かけて
契ってくれたのだもの
ちかいが破れたいま
ああ　あなたの命が惜しい

（新訳）

詠み手の右近さんは女の人です。醍醐天皇の中宮、穏子に仕えた女房でした。右近というのは、右近衛少将藤原季縄というお父さんの官職名からとられています。『百人一首』ではこのように、作者名が官職名で紹介されているので、ちょっとわかりにくいですね。

この歌は二句切れです。まずこの「切れ」を意識して読みたいです。すべての詩歌において、切れ目を意識するのは大事なことだと私は思っています。現代詩で「句切れ」にあたるものは「改行」です。改行もまた刃物のように言葉を切っていきますね。和歌は一首がすらっとつながっているように見えますけれども、五七五七七、それぞれのパーツの間にうっすらと透明な板状の空白が入っている。そうして意味の切れ目で、さらに大きな切れ目が入る。この歌の場合は、「忘らるる身をば思はず」で、すっきり意味が切れています。「忘れられるこの身のことなんて、どうでもいいのです」という宣言がなされています。そのあとにはさまる沈黙を意識して、三句目以降を読んでみましょう。

「誓ひてし人の命の惜しくもあるかな」。あなたのことを生涯かけて想(おも)い続ける、そんな誓いを命がけで交わした男の人がいたんですね。だけどその人はもう、右近のことを忘れてしまった。別の人に心移りをして、右近のもとに通ってこなくなった。

「惜し」には、いろいろな解釈があります。「あなたは命を賭けて誓ったのに、それを破ったからには、死んでしまうかもしれない、ああ命が惜しまれます」という、恨みを含んだまじめな心配という解釈。あるいはまた、「あれほど真剣な誓いが破られるなんて、世の中は何が起きるかわかったものではありませんね。あなたもどうぞ、お気をつけて」という、皮肉として解釈される方もいます。

言霊(ことだま)という言葉もありますように、この時代の人たちは、言葉に霊魂が宿っていると考えていました。ですから、誓うということが、今よりも重みをもっていたのではないでしょうか。今なら言葉上の睦(むつ)み合いで済まされそうなことも、この時代の人たちには重い重い約束なのです。

相手の男の人は藤原敦忠(ふじわらのあつただ)だと言われています。彼からの返事はなかったようです。歌物語である『大和物語』（八十段、八十四段）で、右近のことが話題になっています。八十四段では、「おなじ女、男の『忘れじ』と、よろづのことをかけてちかひけれど、忘れにけるのちにいひやりける」（男が「君のことは忘れない」とさまざまな誓いを立てたのに、女のことを忘れてしまった。そののち、こう言い送った）とあり、この歌が紹介されています。

女性にとって忘れられるということがどんなことだったかと思いますと、死んだに等しいつらさだったのではないかと私は思うのです。忘れられた身は死んだ身に匹敵します。

「私はもう、あなたにとってみれば死んでしまったような女だけれども、あなたの命が危ないとなれば、あなたの命を惜しいと思います」。私には、そんなふうに読めたのですが、いかがでしょうか。そう考えましたのは、堀口大學（ほりぐちだいがく）が訳したマリー・ローランサンの詩を思い出したせいかもしれません。

鎮静剤

退屈な女より／もっと哀れなのは／かなしい女です。

かなしい女より／もっと哀れなのは／不幸な女です。

不幸な女より／もっと哀れなのは／病気の女です。

病気の女より／もっと哀れなのは／捨てられた女です。

捨てられた女より／もっと哀れなのは／よるべない女です。

よるべない女より／もつと哀れなのは　追はれた女です。
追はれた女より／もつと哀れなのは／死んだ女です。
死んだ女より／もつと哀れなのは／忘られた女です。
（マリー・ローランサン／堀口大學訳『月下の一群』より）

忘れられた女は、死んだ女よりもはるかに悲しい。そんな女が、かすかな未練とわずかな恋情をもって別れた男の命を惜しんでいる。そんなふうに、右近の歌を読んであげたい気がします。

恋には季節がある

続いて、右近の恋の相手だったと言われている藤原敦忠（権中納言敦忠（ごんちゅうなごんあつただ））の歌です。

逢（あ）ひ見ての後（のち）の心にくらぶれば昔は物（もの）を思はざりけり
（四十三番　権中納言敦忠　出典『拾遺集』恋）

契ったあと
知ったのです
前だって
あなたを思っていた
けれど　思うだけなら
思わないのと　まったく同じ
それがわかったのでした
こうして　契ったあと

ただあなたを
思っていただけのむかしのおれ
恋の思いをとげたいま
わかるんだ
思うだけの
恋なんて

（小池訳）

何も思わなかったのと同じだなって
変わっちまった
なにもかも

（新訳）

新訳では、余計な言葉をずいぶん足しました。でもこんなふうに、たくさん言葉を費やさなければいけないのが現代詩です。それに比べて、一行で済むのが和歌です。和歌って本当に凝縮度が高いですよね。

新訳は、「おれ」という一人称で書いてみました。もちろん和歌のほうには、そういった主格は出てきません。

「逢ひ見ての」がこの歌のポイントです。「逢ひ見る」とは、辞書をひくと、対面するという意味もありますが、ここではただ逢って見るだけではありません。一夜を共にして肉体関係を結ぶという意味なんです。すごく重い言葉ですね。ですから「後の心」とは、一夜を共にした後の心です。

深い関係ができた今、プラトニックラブだった頃の恋心なんて物思いのうちに入らないくらい、あなたへの恋情が募ってしまった。そんな心を詠んでいるのです。憂いも生じます。

嫉妬心も生まれてくるでしょう。心配事も増えてしまった。ひじょうに複雑な心境になり、恋心が重くなってしまったということですね。

恋にもいろんな段階がありますよね。なんとなく、あの人が好きだなと想っていた頃がある。そこからだんだんと関係が深まってくる。しだいに熟して飽きがくる。ついにはとうとう別れです。『古今集』を見ると、歌が恋の進行順で並んでいるのがわかります。ですから出典の並びを見ることで、恋の歌の解釈を深めることもできるのです。

この歌も、細かく見ていくと解釈が分かれます。後朝（きぬぎぬ）の歌、つまり一夜を共にした翌日に送った歌だと解釈される方もいます。いっぽうでは、肉体関係を結んだ後、なんらかの事情によって会えない時間を過ごすうちに、変わってきた心情を詠んだ歌だと解釈する方もいらっしゃいます。つまり「逢うて逢わざる恋」、一度逢った後に逢わなくなってしまった仲を詠った歌という分類です。

この歌の出典は『拾遺集』ですが、さらにその前に編まれた『拾遺抄』にもおさめられていて、そこでは後朝の歌だと書かれてあったそうです。これを後朝の歌だとすると、途端に生々しく感じませんか？　契った翌朝に、もうこれほどの恋情が始まって、夕暮れを待ち望み、早く逢いたいと思いはやるなんて。皮膚の毛穴まで見えてきそうな生々しい歌に思えてまいります。

権中納言敦忠さんは、短命で、美貌の男性で、琵琶(びわ)の名手として管絃楽(かんげんがく)の才能があったとよく紹介されています。彼のお父さんである藤原時平(ふじわらのときひら)も短命でした。短命の一家だったんですね。ですからこういった歌を重ねて読みますと、なんだかちょっと哀れが深まります。

桜よ、桜

次は、私のとても好きな歌で、いろんなところで紹介してきたものですから、今日は控えようかとも思ったのですが、やっぱり皆さんと読みたくて持ってきました。

もろともにあはれと思へ山桜(やまざくら)　花よりほかに知る人もなし

（六十六番　大僧正行尊(だいそうじやうぎやうそん)　出典『金葉集』雑）

山桜よ
おれがおまえを思うように
おまえもおれに
思いをかけてくれ

花よりほかに
おれのこころを知るものなど
いないのだから
（小池訳）

分け入って　深い山
不意に出会った山桜よ
おれがおまえを　おもうように
おまえもまた
おれをあわれに　おもってくれ
花よりほかに
心かよわすものなど
ここには　いないのだから
（新訳）

これは大僧正という、お坊さんの位でもっとも高い、偉い人が詠んだ歌です。ただ、この歌を作った当時は修験者（しゅげんじゃ）として修行をしていました。修験者は山伏とも言いますが、山にこもって修行をする。山岳信仰の一つでしょうね。独特の装いをして、山道を駆け上ったり、崖から身を乗り出したり、水を断って木の実だけといった断食をしたり、とにかく凄（すさ）まじい修行をしたらしいです。

大峯（おおみね）にて思いもかけず桜の花の咲いているのを見て詠んだという詞書（ことばがき）がこの歌についています。大峯は霊山として有名でした。今、紀伊山地の霊場と参詣道は、ユネスコの世界遺産に指定されていますね。

さて、桜を見たのが修験者として修行中だったことは大きいと思います。つまり、ある極限状態にいるときです。幻を見たのかもしれません。あたかもそこに女の人がいるような気になったのではないでしょうか。この歌に詠まれている桜には、恋人のような艶（なまめ）かしさが漂っています。そして、桜はたった一本だけ、そこに咲いていたのだと思います。あちこちに桜が咲いていたのでは、詩の要素が薄れてしまいます。

これも私の友人の山男が言っていたのですけれども、山に入っていくと思いもかけず、大きな木に咲く花というものに遭遇するそうです。シロヤシオなど、ツツジなども木に咲く。見事なものらしいです。とにかく平地とは少し違う風景がそこに広がっている。この歌の桜は、染井吉野みたいな里桜ではなくて、野生味のある山桜です。辺り一面、土の茶色と樹々の緑色ばかりのなか、ふいに色味のある花に出会った。独特の感慨があったことでしょう。自然に対する詩情には、今も昔も変わらないものがありますね。

この歌がすばらしいのは、一方的に桜を詠んだのではなくて、桜と人との交流が詠まれている点です。「もろともにあはれと思へ山桜」と、詠み手は桜に命令しています。続く「花よりほかに知る人もなし」にも、花との交流が読みとれます。ただ、ここも解釈が分かれるところです。「こんな山のなかでは、花の他に知る人がいない」ととる解釈と、「この世には、花の他におれの心を知ってくれる者などいない」ととる解釈。わたしは両者をブレンドして考えています。

歌の前半では、「さあ、一緒にあはれと思おうじゃないか、山桜よ」と、山桜を人に見立てて呼びかけました。けれど後半になるとどうでしょうか、今度は一転して、自分に呼びかけています。外側に向いていた視線が、ふっと内側に向かう。桜に対して、「山桜よ」という呼びかけから、「花」という客観的な言い方に変わりましたね。「花より他に知る人がいないんだ」と自分自身につぶやくように、歌の角度が変わった。こんなふうにいろいろ考えてみると、一首が立体的に見えてきておもしろいのではないでしょうか。

修験者というのも、興味深い存在です。古来、日本には山岳信仰の修験者がたくさんいて、彼らは山にこもって修行していました。しかし、明治時代に神仏分離令がくだされると、神仏習合の宗教である山岳信仰は禁じられ、修験者たちは行き場をなくしてしまいました。けれども、お坊さんの一部には修験者として修行を続ける方がいて、山岳信仰がまったく絶えたわけではなかった。

インターネットで調べてみると、現在でも修験道の修行が一般の方にも開かれていて、普段はサラリーマンとして働いている方が、年に一度、修験者として修行を積み、その体験の感想を書いていたりします。足の爪が剝がれるような、とんでもなく厳しい修行のようです。泣き言をお書きになる方も、人生が変わったと感激される方もいらっしゃいます。まだ女人禁制の歴史が残っていて、女性はハイキングコースまでは許されても、その奥に入ることができないのが残念なところです。

そのような意味でもこの一首は、古(いにしえ)から今へとつながっています。古典はどんな時代においても、読者に「今」のなかで読まれてきた。だから残ってきたのでしょう。野生的で、色っぽくて、大好きな歌です。

大僧正行尊という人を調べてみますと、高貴な家柄に生まれついたものの、十二歳で出家していいます。そうとうきつい人生だったんじゃないかと思います。そういう行尊さんの人生とも、重ねて味わってみたい歌です。

誰のものでもない寂しさ

さびしさに宿(やど)をたち出(い)でてながむればいづくも同(おな)じ秋の夕暮(ゆふぐれ)

（七十番　良暹法師(りやうぜんほふし)　出典『後拾遺集』秋）

あまりのさびしさに庵(いおり)を出て
ぐるり　あたりを眺めわたした
なにもない
誰もいない
どこもかしこも
さびしさだらけ
秋の夕暮れが
ただぼうぼうと　ひろがっていた

（小池訳）

さびしくて
庵を出た
眺めてみたら
あきのゆうぐれ
どこもかしこも
ゆうぐれなんだ
どういうことだ
あきのゆうぐれ

（新訳）

新訳はちょっと遊びました。「び」「ぐ」「だ」という濁音がおもしろくて、それをいっぱい使いたくて、こんな現代詩訳を書いてみました。

これは良暹法師（りょうぜんほうし）の歌です。『百人一首』を見渡しますと、私はお坊さまの歌がずいぶん好きなようです。いい歌が多いですね。

これ、難しい歌ではありません。「宿」とありますが、宿泊施設ではなく、自分の家、独居している庵（いおり）のことです。お坊さまですから、一人で住んでいたんでしょう。あまり寂しいので庵の外へ出てみたら、どこもかしこも同じ秋の夕暮れだった。それだけの歌ですけれども、現代人の勝手な詩情かもしれませんが、ここに一縷（いちる）の哲学味を入れて解釈するとずいぶんおもしろい歌じゃないかと思います。

家のなかに一人。それが寂しいので外に出てみた。そしたら外も同様に寂しかった。辺りには秋の夕暮れが茫々（ぼうぼう）と広がっていて、寂しいという心までが、そこに広がり溶け出していった。寂しさには内も外もない。どこもかしこも同じなのだ。寂しいという感情は、一人の人間の心に宿るものなのだから。内側にあって、見えないはずの心が、外側にひっくり返って、そこに現れている、そんな世界観の発見があるのではないでしょうか。そこに現代人の私も接続できる気がするのです。

先ほどの鹿の歌のように、この歌の自我も透明で、ここにいるのだけど、どこにもいなくなるような感じです。これが誰の寂しさでも構わない。いちいち所有格さえつけなくてもいい、大きな寂しさだけがある。そんな広がりをもつ歌です。

「さびしさに宿をたち出でて」というところの、「に」もポイントです。日本の定型詩では、助詞というものが実に大きな働きをします。この歌でもそうです。古語の「に」は、「〜に、〜で、〜のために」という原因や理由の意味をもちます。ですから、「さびしさに　宿をたち出でて」は、「さびしいからさ、家を出てみたのよ」ということになりますが、この「に」の一語のなかには、家を出る理由となったいろいろな要因がぎゅっと絞られて詰まっているのです。昔の詩歌を味わうと、日本語の小さい一語を大切に扱いたいという気持ちがわいてきます。

良暹法師は比叡山(ひえいざん)の僧でした。歌の才能がずいぶんあったようで、宮廷の歌合わせでたくさんの歌を詠みました。晩年は大原で隠遁(いんとん)生活をおくり、この歌はその頃に詠まれたものではないかと言われています。老いの哀(かな)しみを重ねて読んでみますと、良暹さんがある境地に達したのかなとも思います。

遠景と近景、大願と感傷

最後は、源実朝(みなもとのさねとも)の歌です。

世の中は常にもがもな渚漕(なぎさこ)ぐあまの小舟(をぶね)の綱手(つなで)かなしも

(九十三番　鎌倉右大臣(かまくらのうだいじん)　出典『新勅撰集』羇旅(きりょ))

世の中は
常に変わらず
平安であってほしいものだよ
波打ち際を漕ぐ　漁夫の小舟の
綱手をひくさまがここからみえる
その動きが
今日はことのほか、こころにしみる

（小池訳）

世の中は
いつも変わらずに
あってほしいよ
波打ち際を
漁師がゆく
その手がひく
小舟の先の

（新訳）

綱の哀しさ

私は子どもの頃にこの歌を読んで、「常にもがもな」がわかりませんでした。これは難しいですけれども、恐れることではありません。「常に」は「平常にいつも」という意味です。「もがも」は、「〜だといいなあ、〜であったらなあ」と、実現が難しいことに対して願望をあらわす終助詞です。「な」は詠嘆の意味をくわえる終助詞です。

ですから、上の句「世の中は　常にもがもな」は、「常にいつもいつも世が平和であればいいなあ」という意味です。ずいぶん大きなことを言っていますね。世の中が平和でないからこのような歌を詠むのだと思います。

上の句から一転して、下の句では通常の日常世界が詠われます。「渚漕ぐ　あまの小舟の綱手かなしも」。「あま」を私たちはつい海女と考えますけれども、漁師や漁夫のことです。波打ち際で小舟を漕ぐ漁師が、舳先にくくりつけた引き綱を岸のほうに引っ張っている様子です。大きな願いから一転して、写実的な風景ですね。そんな漁師たちの動きが、今日はことのほか、心に染みて哀しい。そんな歌だと思います。

「かなしも」はすごく複雑な心情です。哀しさだけでなく、おもしろさ、興味深さ、興趣のあることを読み込む方もいらっしゃいます。私としましては、哀しいという感傷とともに、人間のいとなみに対する愛おしさを読みたいです。それで新訳を書いてみました。

この哀しさは誰のものでしょうか。綱手が哀しがっているわけでもないし、漁師が哀しがっているわけでもない。哀しいと思っているのは、詠み手である実朝でしょう。漁師たちが毎日仕事をしている姿が、世の中は常に変わらず平和であってほしいという願いに響いてきます。実朝は鎌倉幕府の三代将軍として常に生死の極みに在りました。最後は暗殺されましたね。そういう運命にあった人の抱いた感慨ということです。

きっぱりと二句切れの歌です。句切れは、意味の切れ目です。切れたあとには、沈黙や空白が入っています。この沈黙を意識すると、平面的だった歌が俄然、立体的になってきます。言葉を動かしているのは沈黙です。沈黙が梃子になって言葉を動かし、人の想像力を弾ませてくれるのです。

句切れの沈黙のところで、息を途切らせて読んでみましょう。「世の中は　常にもがもな」でひと息つく。するとそのあと、実朝の視線がはるか沖まで伸びていく感じがしませんか。そして「渚漕ぐ　あまの小舟の　綱手かなしも」で、視線が近景に戻る。漁師が綱手を引く姿が見える。実朝はおそらく日常的に、いろいろな思いを込めて、はるか鎌倉の海を眺めていたのだと思います。

実朝は、鎌倉幕府をつくった源頼朝と北条政子の次男に生まれました。頼朝が突然死した後、お兄さんの頼家が征夷大将軍の地位に就きましたが、のちに修禅寺に追放されます。代わって実朝が十二歳にして後を継ぐのですが、政治をつかさどっていたのは北条氏です。実朝には、自分が形ばかりの将軍の地位に置かれているような思いがあったことでしょう。京都の朝廷には後鳥羽上皇がいて、華やかに歌壇を率いていた。その後鳥羽上皇に、実朝は忠心の心も持っていました。幕府と朝廷のあいだ、政治と文学のあいだに在った。難しい曖昧なポジションを生きた人の孤独が透けて見えてくるようです。東国から一度も出ずに、その後、二十八歳の若さで甥の公暁に暗殺されてしまいました。

でも実朝は歌の名手でした。藤原定家に師事しましたが、定家がいた京都に行ったことはなかったそうですから、ずっと手紙などでやりとりしたのでしょう。定家に歌を見てもらいながら、『万葉集』や出来たばかりの『新古今集』を読み、大変熱心に勉強したようです。勉強の成果でもあるのでしょうが、実朝には、古の和歌を本歌取りした歌も多いのです。この歌も、『万葉集』の「河の上のゆつ岩群に草生さず常にもがもな常処女にて」（吹黄刀自）から取られていると言われていますが、比べて読んでみますとどうでしょうか。まったく実朝自身の歌になっていますね。本歌取りといっても、すっきり軽々と、本歌を乗り越えているのです。実朝は本当に歌の才能があったと思います。平安貴族たちの歌とは、だいぶ違う、びっくりするような素直な歌がある。そして、多くの歌に哀しみがにじんでいます。

源実朝については、いろいろな人が書いています。吉本隆明『源実朝』、太宰治『右大臣実朝』、小林秀雄「実朝」、中野孝次『実朝考―ホモ・レリギオーズスの文学』など。皆さん、実朝に惹かれていたのでしょう。古くは斎藤茂吉、正岡子規も、『金槐和歌集』を賞賛しました。最近では、中村稔さんが書き下ろしで実朝の和歌について書いています（『読書の愉しみ』所収の「源実朝『金槐和歌集』」）。従来の実朝論に異を唱えた一文で目が覚めます。すぐれた叙景詩人だが、それ以上の天才ではないというのが中村稔氏の結論です。

しかし私はやはり実朝に肩入れしてしまうのです。明日には命を落とすかもしれないという、危機感迫る日々のなかで、実に透明な孤独な歌を詠みました。ついに政治家にはなりきれなかった、詩人としての実朝の哀しみが見えてきます。そんなことを思いますと、実朝のまなざしが私の心の中にまっすぐ入ってきて、私も実朝と同じ気持ちで鎌倉の海を眺めたくなるのです。

質疑応答

【質問1】「さびしさに宿をたち出でてながむればいづくも同じ秋の夕暮」について、「たち出で」でなく「たち出でて」として、五七五七七でなく五八五七七の字余りにしています。どういう意味が込められていると思いますか?

難しい質問をありがとうございます。

私は字余りに、よく惹かれます。もちろん和歌の基本にあるのは五七五七七の定型で、定型で詠まれた歌が圧倒的に多いです。でもその原則があるからこそ、枠から外れたものが力を持つのだと思います。

「たち出でて」の部分を文法的に読み解きますと、「たち出づ」が複合動詞で、「たち出で」はその連用形、そして「て」が接続助詞ですね。「て」を省いて「宿をたち出でながむれば」とすることができるのかどうか、わたしにはわかりませんが、そうすれば確かに五七五七七の定型に収まり、音感的には淀みなくすんなり入ってきます。「て」を入れることで、ややぎくしゃくとなりましたが、逆にそのことが歌に詠まれた主体の肉体を感じさせるということはないでしょうか。「立って、出る」そして「眺めた」という一連の動作の角が立ち、家の内から外へと肉体が出た感じが、「て」に乗っかって、「ながむれば」へ移行します。この字余りは、歌に筋肉をつけているように思います（この質問を受けたあと、さらに調べてみました。「たち出づ」の「たち」は動詞に冠して、その意を強める接頭要素。「て」は、上の動作に続いて下の動作をする意を表す接続助詞という説明がありました〔新里博著『小倉百人一首新評釈』〕。つまり、「て」という接続助詞は、「たち出づ」と「ながむる」という二つの動詞をつなぐ役目を果たしており、ここでは必要な接続助詞ということになりますが、結果として字余りとなり歌におもしろい効果を上げたということでしょう）。

字余りといえば、私がよく引用するのが「月の光」の歌です。

「秋風にたなびく雲の絶え間よりもれ出づる月の影のさやけさ」（左京大夫顕輔）。

秋風に吹かれて流れる雲の間から洩れてきた月の光を詠んだ歌です。「もれ出づる月の」が字余りとなっていますが、月の光が雲間からこぼれ、地上にあふれ余る感じも、そこに対応し一体化しています（月の影とありますが、この影は光のことです）。字余りには、もたつき、すうーっと通過させないことで、そのものの存在や動作を、ありありと感じさせる効果があるように思います。

【質問2】僕の地元は長野県の田舎で、実家の裏が山になっています。僕はその山で、子どもながらに落ち葉を踏んでいた記憶があります。そこには鹿は出ないんですけど、よく熊が出ました。その記憶をたぐると、人の二本足と鹿の四本足では奏でる音が違うのかなと思いました。山に住む鹿は人と違って、きっと落ち葉の踏み方が上手いと思うのです。

「奥山に紅葉踏み分け鳴く鹿の声聞く時ぞ秋は悲しき」を読んで、雄鹿が雌鹿を見つけた映像が見えてきました。ですから僕は「声」を、雄鹿が上げた感動の鳴き声だと思ったんです。あるいはまた、この歌を詠んだ人はまだ女の人と出会えなくて、声が出せない。あるいは、女の人が遠くにいるので、今ここで声を上げることができない。この人は完全に一人ぼっちで、鹿にすら寄っていけない。そんな状況も考えてみました。寂しさが秋から冬にかけて寒くなると同時に深まっていくような感じで、おもしろく読みました。

なるほど。鹿は四本足ですよね。人間が二本足で歩く音ときっと違いますね。山に精通した人だったら、その音をきっと聞き分けられるでしょう。鹿が二匹か一匹かでも足音は違ってきますね。この歌から私が聞くのは、一匹の雄鹿の足音ですが、おっしゃるように、雌の鹿を見つけて鳴いたのだとすれば、最後は二匹の鹿が見えてきます。相手を探している最中の声か、見つけたときの声か。相手を見つけた瞬間を詠み込んだんだという解釈、これは新鮮ですね。ただ、私は、相手を見つけられないということを、あえて考えたいのです。なぜなら、到達すると詩が完成してしまうからです。到達させないところで詩情を高めたい。……姑息（こそく）な思惑かもしれませんが。それにしても、いろいろなイメージを出してくださり、嬉しいです。何人かで和歌を読み、こうして侃々諤々（かんかんがくがく）とお話しすると楽しいですね。

それから、秋から冬にかけての季節をイメージされた点も、なるほど、おっしゃるとおりで重要なご指摘と思います。『古今集』ではただ、「秋」という部立てでも、読者がそこから更に一歩深めて、「秋から冬へ」と考えるだけで、詩情が際立ってきます。

本書は「池澤夏樹＝個人編集　日本文学全集」連続講義「作家と楽しむ古典」（二〇一六年三月から七月まで月一回ジュンク堂書店池袋本店で開催）を元に書籍化しました。

構成　五所純子

池澤夏樹（いけざわ・なつき）

一九四五年生まれ。作家・詩人。八八年『スティル・ライフ』で芥川賞、九三年『マシアス・ギリの失脚』で谷崎潤一郎賞、二〇一〇年「池澤夏樹＝個人編集　世界文学全集」で毎日出版文化賞、二〇一一年朝日賞、ほか多数受賞。他に『カデナ』『アトミック・ボックス』『砂浜に坐り込んだ船』など。『池澤夏樹＝個人編集　日本文学全集01』で「古事記」を新訳。

森見登美彦（もりみ・とみひこ）

一九七九年奈良県生まれ。京都大学農学部卒業、同大学院修士課程修了。二〇〇三年「太陽の塔」で日本ファンタジーノベル大賞を受賞してデビュー。著書に『夜は短し歩けよ乙女』（山本周五郎賞）、『ペンギン・ハイウェイ』（日本SF大賞）、『聖なる怠け者の冒険』（京都本大賞）、『有頂天家族』『夜行』などがある。『池澤夏樹＝個人編集　日本文学全集03』で「竹取物語」を新訳。

小池昌代（こいけ・まさよ）

一九五九年東京生まれ。詩人・作家。九九年詩集『もっとも官能的な部屋』で高見順賞、二〇一〇年『コルカタ』で萩原朔太郎賞を受賞。短編集に『感光生活』『悪事』『タタド』（〇七年表題作で川端康成文学賞）、長編に『厩橋』『弦と響』、一四年『たまもの』で泉鏡花文学賞を受賞。ほか、『詩についての小さなスケッチ』など。『池澤夏樹＝個人編集　日本文学全集02』で「百人一首」を新訳。

伊藤比呂美（いとう・ひろみ）

一九五五年東京都生まれ。詩人・作家。九九年『ラニーニャ』で野間文芸新人賞を受賞、二〇〇六年詩集『河原荒草』で高見順賞、〇七年『とげ抜き新巣鴨地蔵縁起』で萩原朔太郎賞、〇八年紫式部文学賞を受賞。一五年坪内逍遥大賞を受賞。他の著書に『日本ノ霊異（フシギ）ナ話』『読み解き「般若心経」』『新訳　説教節』『たどたどしく声に出して読む歎異抄』など。『池澤夏樹＝個人編集　日本文学全集08』で「日本霊異記・発心集」、『同10』で「説経節」を新訳。

町田康（まちだ・こう）

一九六二年大阪府生まれ。作家・詩人・パンク歌手。九七年「くっすん大黒」で野間文芸新人賞、Bunkamuraドゥマゴ文学賞、二〇〇〇年「きれぎれ」で芥川賞、〇一年、詩集『土間の四十八滝』で萩原朔太郎賞、〇五年『告白』で谷崎潤一郎賞、〇八年『宿屋めぐり』で野間文芸賞を受賞。他の著書に『パンク侍、斬られて候』『ギケイキ　千年の流転』など。『池澤夏樹＝個人編集　日本文学全集08』で「宇治拾遺物語」を新訳。

作家と楽しむ古典

古事記
日本霊異記・発心集
竹取物語
宇治拾遺物語
百人一首

著者＝池澤夏樹
伊藤比呂美
森見登美彦
町田康
小池昌代

二〇一七年一月二〇日　初版印刷
二〇一七年一月三〇日　初版発行

装　画＝きくちちき
装　丁＝佐々木暁
発行者＝小野寺優
発行所＝株式会社河出書房新社
東京都渋谷区千駄ヶ谷二―三二―二
電話＝〇三・三四〇四・一二〇一（営業）
〇三・三四〇四・八六一一（編集）
http://www.kawade.co.jp
印刷所＝株式会社亨有堂印刷所
製　本＝加藤製本株式会社

ISBN978-4-309-72911-4
Printed in Japan

池澤夏樹＝個人編集　日本文学全集　全30巻（★は既刊）

★01 古事記　池澤夏樹訳
★02 口訳万葉集　折口信夫
百人一首　小池昌代訳
新々百人一首　丸谷才一
★03 竹取物語　森見登美彦訳
伊勢物語　川上弘美訳
堤中納言物語　中島京子訳
土左日記　堀江敏幸訳
更級日記　江國香織訳
04 源氏物語 上　角田光代訳
05 源氏物語 中　角田光代訳
06 源氏物語 下　角田光代訳
★07 枕草子　酒井順子訳
方丈記　高橋源一郎訳
徒然草　内田樹訳
★08 日本霊異記　伊藤比呂美訳
今昔物語　福永武彦訳
宇治拾遺物語　町田康訳
発心集　伊藤比呂美訳
★09 平家物語　古川日出男訳
★10 能・狂言　岡田利規訳
説経節　伊藤比呂美訳
曾根崎心中　いとうせいこう訳
女殺油地獄　桜庭一樹訳
菅原伝授手習鑑　三浦しをん訳
義経千本桜　いしいしんじ訳
仮名手本忠臣蔵　松井今朝子訳
★11 好色一代男　島田雅彦訳
雨月物語　円城塔訳
通言総籬　いとうせいこう訳
春色梅児誉美　島本理生訳
★12 松尾芭蕉 おくのほそ道　松浦寿輝選・訳
与謝蕪村　辻原登選
小林一茶　長谷川櫂選
とくとく歌仙　丸谷才一他
★13 樋口一葉 たけくらべ　川上未映子訳
夏目漱石
森鷗外
★14 南方熊楠
柳田國男
折口信夫
宮本常一
★15 谷崎潤一郎
★16 宮沢賢治
中島敦
★17 堀辰雄
福永武彦
中村真一郎
★18 大岡昇平
★19 石川淳
辻邦生
丸谷才一
★20 吉田健一
★21 日野啓三
開高健
★22 大江健三郎
★23 中上健次
★24 石牟礼道子
★25 須賀敦子
26 近現代作家集 I
27 近現代作家集 II
28 近現代作家集 III
★29 近現代詩歌
詩　池澤夏樹選
短歌　穂村弘選
俳句　小澤實選
★30 日本語のために